19

情義與愛情

亞瑟王朝的傳奇

蘇其康 著

三民書局

亞瑟王　作為西方九聖賢 (Nine Worthies) 之一的形象。中世紀壁毯。

天道驕堡 (Tintagil) 內廳堂（上）、後門（下）

傳說中獲得艾斯卡理伯 (Excalibur) 的仙女湖

溫徹斯特堡大廳堂 (The Great Hall) 的圓桌

亞瑟埋骨地——英國格拉斯頓貝里修道院
(Glastonbury Abbey)

文明叢書序

起意編纂這套「文明叢書」，主要目的是想呈現我們對人類文明的看法，多少也帶有對未來文明走向的一個期待。

「文明叢書」當然要基於踏實的學術研究，但我們不希望它蹲踞在學院內，而要走入社會。說改造社會也許太沉重，至少能給社會上各色人等一點知識的累積以及智慧的啟發。

由於我們成長過程的局限，致使這套叢書自然而然以華人的經驗為主，然而人類文明是多樣的，華人的經驗只是其中的一部分而已，我們要努力突破既有的局限，開發更寬廣的天地，從不同的角度和層次建構世界文明。

「文明叢書」雖由我這輩人發軔倡導，我們並不想一開始就建構一個完整的體系，毋寧採取開放的系統，讓不同世代的人相繼參與，撰寫和編纂。長久以後我們相信這套叢書不但可以呈現不同世代的觀點，甚至可以作為我國學術思想史的縮影或標竿。

林正弘

2001年4月16日

自序

亞瑟王傳奇是沒有年齡層隔閡的故事，又是多媒體的寵兒，但一般人讀到的都是二手、三手的材料，因為原典牽涉到普通人不甚熟稔的語言，故此勾勒描繪這故事的全本應該是很有意義的事。

我和亞瑟故事結緣超過半個世紀。從青澀年代開始，我的研讀、授課、實地探勘、演講、翻譯和發表論文，都有用到亞瑟傳奇的文本，對這方面的素材和它的歷史也有某種心得。特別是文學研究者所關心的歷史，也是人文學者每所應對的議題。本書更嘗試把一己之見化為讀者認識古代歐洲文化資產的楔子。

譬如傳奇裡有一件奧祕神物叫做 Holy Grail（法語叫做 Saint Graal，德語作 Heiliger Gral），一般書刊，包括電影的中文字幕都翻作「聖杯」。這不能算全錯，但絕對不準確。因為這器皿原先是最後晚餐時盛酒的容器，或為承接十字架上滴下耶穌寶血的載具，它有可能是一個爵杯，也可能是一個碗碟（德語詞語就有這個含意），但絕不是現代想像那樣的杯子。據《康熙字典》引錄《說文解字》「爵」字的用法時稱：「禮器也，象爵之形，中有鬯酒，又持之也。所以飲。」用爵來比對 Holy Grail 就是恰如其分的禮器，用「爵」而不用「杯」來表達，更能顯出其中的深意和莊嚴性。以此為例，本書有些名詞的音譯和用法，和坊間通俗的做法不一，多少反映出某種道理的堅持和詮釋。

「文明叢書」旨在向一般大眾推廣人文知識，按照本書的編輯凡例，內文不能列注腳，行文要淺白易懂，因此之故，在全書用湯馬斯·馬羅里的《亞瑟王之死》做故事梗概之餘，也把本人一些初步顯淺的文化見解放在敘述裡，尚請高明見諒。

情義與愛情

——亞瑟王朝的傳奇

歷史創造了亞瑟，還是亞瑟創造了歷史？

導　言

敘事文學作品在還未評定為大器之作前，若為攸關族群或世間眾所關懷議題，於大眾和小眾之間歷代相傳迴盪而不被淘汰，便極可能會成為膾炙人口的故事。

在華語文學的傳統裡，歷來有稱為中國四大名著（又或稱為四大奇書）的說部，其中歷史最悠久的《水滸傳》和《三國演義》，算起來已有七百多年了，當中好些插曲和人情世故片段，儼然已成了中華文化的一部分，自成典範，在文化傳揚的意義，遠大於故事令人著迷的程度。關於這方面的覺察，梁啟超早在 1902 年，便以先知先覺之筆調，寫成了〈論小說與群治之關係〉一文，解說敘事文學對社會意識和風氣行為的密切影響。

與四大名著的傳統相較，西方也有一個源流久遠的敘事體系，且為小說的前身，其中為大家耳熟能詳，不只存在於一個語言文化體系裡，還成了整個歐洲的敘事典範，其傳播年代比四大名著還要久遠一些，就是本書要介紹的亞瑟王傳奇傳統。

西方的經典固然為數不少，但源遠流長、歷久彌新、跨界、跨領域的單一作品，則非亞瑟王的故事莫屬。這個流傳了一千多年的故事在各階段的型態都至為迷人，具有開創性，引導後代敘事寫作採用新的角度，同時也和歷來的敘事規則勾連。表面上引人入勝的故事外殼，在骨子裡有一個哲理的觀念，而且在相當程度上形成了文化歷史的群體記憶。

在十一世紀之前，所謂的亞瑟王故事還沒有特定的文學型態，可以說是傳言還在塑造一個民間英雄人物，也可以說是一個似實亦虛的人物在釀造歷史，基本上這是英倫島上塞爾特 (Celtic) 文化圈裡的傳說和事件，收錄在古遠的地方紀聞志 (chronicle) 裡，經後人渲染附麗，使之成為神話般傳說 (myth)，因此在敘述中含有虛構杜撰的意味。

然而在早年的紀聞志中，民間故事不一定要用虛構敘事體視之，當中常有誇張的述詞甚至奇幻的色彩，但紀錄的人或說書人會輕易地把故事當作真實事蹟看待，這就形成了兩個思維運作方式。其一是在民間故事中，現代人認為是虛構的敘述常常和歷史紀錄混一不分，因此，這些早期的民間文學作品，幾可視之為融合寫實與創作者心態的歷史素材，神話傳說因而在相當程度上成了早期歷史寫作的方式之一。

其二，這些形式的地方志，有些既不編年，又不斷代，其歷史年代鑑別需要用其他材料考訂，因此，即使是真實歷史，在不同素材中，其記載年分往往有落差，而不能用今天的年曆觀念來審視。各種地方志之間常常會有互相引錄、重疊的情形，卻又不能做確切的連結或鑑定。更重要的是這些古早的塞爾特傳說和方志，其實記載的資料不多，留存給後世的更少。在後代其他敘事中卻常常會反過來引述這些故事（或史料）並稱之為根據某一史志而來，增加後人整理和考掘的難度。

其中最弔詭的便是好些方志的撰述者本身是塞爾特人，卻選擇用拉丁文來書寫，而非採用塞爾特語載錄，這表示好幾層意義：首先是塞爾特語的文獻傳統淺薄，塞爾特文化和歷史紀錄主要仰賴拉丁文，這顯示早期塞爾特書寫語不流行、也表示此語文可能只傳播於小眾之間，拉丁語才可以傳遞到更廣大的區域。也可能是塞爾特語不足以處理高層次思辨的用法，或此語言缺乏周延思考的詞彙。更有可能是拉丁文較能取得正統地位，建立權威。證諸當時的情形，後一推論會是比較可靠的文化現象。

亞瑟神話般的故事，在歐洲中世紀時雖以區區塞爾特一方的登載發軔，竟匯成了歐洲所有國君和騎士所關心的理念。簡單地說，這個故事，發揮了相當程度的普遍價值，而使當時的公侯爵卿大為心儀嘆服。因為紀傳者的敘述，再經由當時詩人的轉載唱和，變為上層文化所關心的生命起伏重要關口，也成了各種俗世事務重要的題材：那就是情義和愛情。雖然亞瑟王本身沒有包辦所有的插曲，但因為他的作風導致某種型態的宮廷文化，塑造了上層政治架構，發揮了如上兩個主題。

此外，塞爾特民族一直把亞瑟當作他們的「救世主」，而這個觀念很巧妙地在英格蘭的傳說中幻想化保存下來。故此，亞瑟在個人行動和意志之間，又在制約和浪漫行為之餘，使一個王朝的輪廓，透過宮廷的種種作為，似乎有一股連結過去和當代的力量；加上一個能知過去和未來的魔法師梅林從中操作，把亞瑟王形塑為一個宗族的先驅、民族的英雄，更是早期世代國王的模範，建構國家民族不可缺的靈魂人物。

塞爾特文明本質上是既真實又充滿想像力，他們的原始資料又把神話和紀實混雜在一起，增加文化傳遞中的神祕感，因此要仰仗較後期正式書寫的拉丁文資料去重建和理解。又因為塞爾特文明包括了好幾個宗族〔或可稱作民族 (ethnic groups)〕，重建時會有誤差。

五世紀之後，日耳曼民族，尤其是盎格魯和撒克遜人入侵英倫，打敗塞爾特眾民族，特別是後世認定的威爾斯人，把他們逼離平原腹地，導致有居於貧瘠山區的威爾斯人、康窩爾 (Cornwall) 人〔均為使用原始不列顛語 (Old Brythonic) 人的後裔〕、愛爾蘭人和更少數的英倫西側各小島的居民。然而差不多同時，亞瑟崛起於今天的威爾斯之間，統一各宗族，擴張王朝，甚至渡海歐陸遠征他國，他的王國版圖一時無雙，包括威爾斯、康窩爾、蘇格蘭、奧克尼 (Orkney)、荷蘭、比利時、勃艮地、不列顛尼 (Brittany)、波爾多、諾曼第、瑞典南端島嶼的葛特蘭 (Gotland)、丹麥、奧地利、德國等地，橫跨西歐到中歐，甚至號稱進入羅馬帝國腹地。

這樣一個亞瑟王國的建立，當然傳說不少，也產生了許多虛構神話的事蹟，但在傳說中，最重要的一環還是法蘭西的詩人，把這些經歷滲入大量騎士文化行為的描繪。然後到了十五世紀，再由英格蘭作者湯馬斯·馬羅里（Thomas Malory，1416?～1471 年）重新整理，

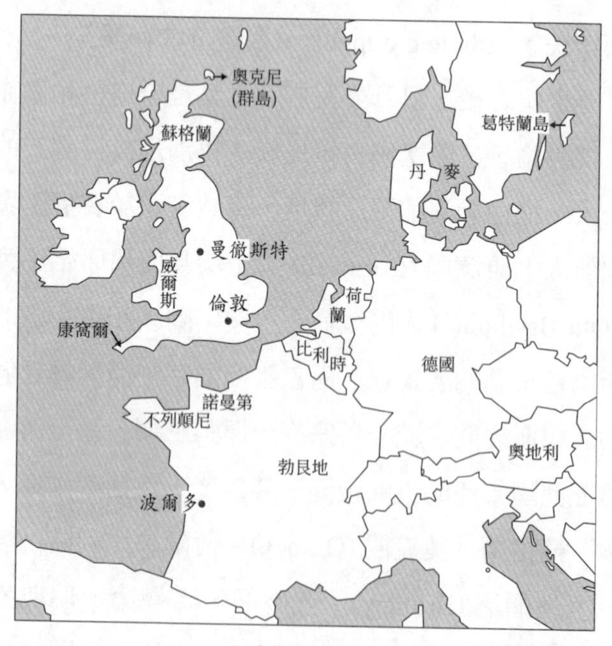

亞瑟征服的地區

把亞瑟一生，從先世、到出生、成長、加冕、建立王朝、結婚、治國、出征、聖爵追尋、鋤奸發伏，而至殉國，完成一個史詩式的故事，是為《亞瑟王之死》(*Le Morte d'Arthur*)。歷代詩人作家，每有摘取當中精要片段闢為專著，而近代好萊塢的電影事業更活化這些故事，畫面既動人又悲悽，亞瑟遂成了超越民族國界令人仰望的人物，歷久不衰。

由一人的興敗，從宏觀角度來看，塑造了民族性的志業和期盼，而在微觀上，則鼓動了騎士精神和理想的愛情觀。因此，亞瑟的故事，不只是一篇單一的傳奇，更成了一個亞瑟傳奇圈 (Arthurian cycle) 的作品群，而其中融合了政治和宗教議題，在一定程度上帶動統治階層和政治性的意識型態，進而驅動宗族和故事後期的國家民族主義 (nationalism)；但在民族主義趨於暴力化時，宗教力量又成了外交的軟化劑，同時也成了超越淨化的方向，適時加入了一些生命的反思，在顛簸起伏的人生旅程中，標示某種難能可貴的理想，對亞瑟王的眾騎士們，甚至是後代一般讀者，都產生「雖不能至，心嚮往之」的迴響。

在前述這些文化背景的交織下，本書兼顧故事性及其中的文化要素和意義，把這個長久以來歐洲人從傳說到神話的建構，放在兩大主題上解說，亦即「情義」和「愛情」兩個區塊。前者包括友情和俠義之舉，後者包括從衝動到仰慕，在跌撞中尋找正確行為的路徑。其中最引人注目的部分事蹟，將用敘述性文字作一馭繁於簡的交代。

故事中的故事，
《亞瑟王之死》密碼解讀

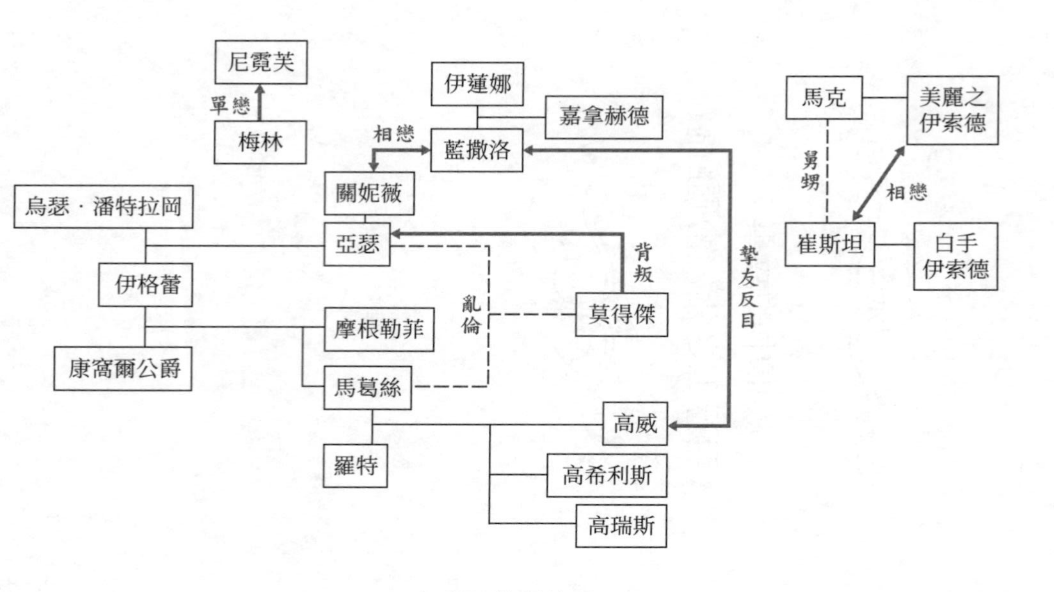
尼霓芙
單戀
梅林
伊蓮娜
嘉拿赫德
相戀
藍撒洛
關妮薇
烏瑟．潘特拉岡
亞瑟
伊格蕾
背叛
莫得傑
亂倫
摩根勒菲
康窩爾公爵
馬葛絲
摯友反目
高威
羅特
高希利斯
高瑞斯
馬克
美麗之伊索德
舅甥
相戀
崔斯坦
白手伊索德

主要人物關係圖

英雄崛起：情義的誕生

在歐洲傳奇文類大盛的十二世紀和十三世紀之交，到十五世紀後期的兩百多年，歷史紀傳和傳奇故事交相模仿、翻譯和引錄，蔚為大觀，在各國的產能互別苗頭之下，相類的記載會出現矛盾的描述，或前後無法對應的窘困情形，而且各家寫法的重點不一，有偏重在軍事方面、有在愛情方面、有在宗教層面、也有在俠義方面。不過，亞瑟和圓桌騎士們冒險犯難的精神，以及他們同儕間的友情運作機制，早已深入人心，成為歐洲人嚮往的價值觀。

十五世紀後半，有一名英格蘭人，立志要整理十三至十五世紀的亞瑟王傳說，把亞瑟回歸到英倫島上的敘事傳統，訴說民族史詩式的故事，這就是湯馬斯·馬羅里所書寫的《亞瑟王之死》。

馬羅里的亞瑟王故事，大致上和先前《不列顛帝王史》（*Historia Regum Britanniae*，1138 年，參本書頁 224）以及法文本《亞瑟王之死》（*La Mort le roi Artu*，1230～1235 年，參本書頁 241）的關係相當密切，而且好幾個插曲的寫法雷同，但毫無疑問馬羅里英文本的《亞瑟王之死》，在當世是最完整的亞瑟王畢生事功的故事，用傳奇的文類完成。下文採用此英文本的敘事內容做綜覽性的解說，此本和其他歷史或紀聞不同的地方，是故事開端並不追溯到早期不列顛人的奮鬥和戰爭史，而只由亞瑟的父親說起。

亞瑟的系譜

英格蘭國王烏瑟・潘特拉岡 (Uther Pendragon) 戀慕康窩爾公爵夫人伊格蕾 (Igraine) 的美貌，用計想佔便宜而不可得，因此患了單思病。他的下屬烏菲厄斯 (Ulfius) 建議找梅林求助；梅林答應襄助，但開出條件，即烏瑟・潘特拉岡和伊格蕾日後生下的孩子要交給他撫養。梅林於是把烏瑟易容變成康窩爾公爵的面貌，而公爵在晚上夜出突襲烏瑟時，卻受擊斃命，烏瑟當晚便和伊格蕾燕好，使她懷胎亞瑟。到伊格蕾快臨盆時，梅林現身在國王面前：

> 梅林說，「我認得你國內有一名貴族大人，真誠又忠直，可以託付給他去養育你的孩子。這名大人叫做艾克塔 (Ector)，他在英格蘭和威爾斯好多地方都有良田沃土，是一名領主。關於這名領主，艾克塔爵士，你就差他前來候命，要求他因著對你的愛戴，把他自己的小孩送給另一名婦女養育照顧，而他的妻子則養育你的小孩。在你小孩出生之時，從那邊幽靜的側門，把他送過來給我，先不要給他受洗。」
>
> 這一切就如梅林所策計而完成了。艾克塔爵士抵步時，他答應國王會一如國王所盼望的撫養小孩。國王也因此厚賞了艾克塔爵士。等到皇后要臨盆時，國王命令兩名騎士和兩名貴婦把嬰孩裹在金絲布裡，吩咐他們說，「你們把他帶到城堡的側門，交給所遇見的窮苦人家就是。」於是這名孩子便被交到梅林的手上，他把嬰孩帶到艾

> 克塔那裡，又找了一位聖者替嬰孩洗禮，並給他命名叫做亞瑟。從這時開始，艾克塔的妻子便用自己的哺乳，餵養這小孩。〔引自湯馬斯．馬羅里著，蘇其康譯注，《亞瑟王之死》（新北市：聯經出版，2016），頁 96～97。以下同出處僅列頁碼。〕

亞瑟的出身，在馬羅里的傳奇裡，是來自帝王之家，而且一生還是由梅林盤算安排，讓人瞭解他誕生在一個複雜的狀況下，不單是父母的結合不尋常，而且日後他和同母異父的姊姊摩根勒菲 (Morgan le Fey) 也有一段恩怨情仇。另外，雖然他有皇族血脈，卻沒有成長在帝王之家，增加以後承襲帝位的難度和曲折事故。

亞瑟是私生子？

伊格蕾婚後，她的女兒馬葛絲 (Margawse) 嫁給蘇格蘭洛希安 (Lothian) 和奧克尼兩地的國王羅特 (Lott)，馬葛絲日後產下高威 (Gawain)，因此高威有蘇格蘭的血統，也是亞瑟的姨甥。亞瑟後來和馬葛絲有過一段情，還生下一個兒子，這重關係使亞瑟和高威之間，既親密又糾纏。

伊格蕾其他的女兒全都嫁給各地的君王，以這樣的背景來說，亞瑟父系固然是國王，母系也不遑多讓，只是在成長過程中，亞瑟並不知情，一心以為艾克塔爵士就是自己的父親，艾克塔的兒子凱 (Kay) 是自己的兄長。雖然如此，亞瑟還是在一個貴族家庭中長大，由於艾克塔調教有方，使他知書識禮，懂得規矩和基本做人的道理，而不是一名驕縱的少年。可惜在幾年後他的生父烏瑟．潘特拉岡棄世時他也不知道，不過烏瑟．潘特拉岡倒是在梅林和各個爵卿面前，清楚交代了他要自己的兒子亞瑟尊榮地承接王位。在先天上和政務運作上，亞瑟無疑都立於帝統的位階上，可以繼承父業出任當時英格蘭的國王。

英文本的《亞瑟王之死》雖然沒有說烏瑟．潘特拉岡為王以及亞瑟出生的年分，但其他史料和故事紀聞所透露的時間，大致上應為西元五世紀中左右，這個時候的不列顛島上，還沒有建立完善的政治制度，無論是制裁或擁戴統治者都停留在強人政治的層次。

首先是烏瑟・潘特拉岡的下屬烏菲厄斯，自動請纓去找梅林解決國王對伊格蕾的單思病。魔法師梅林更有可議。兩人都知道伊格蕾是康窩爾公爵夫人，是有夫之婦，他們卻撮合國王和伊格蕾，這就犯了道德和宗教的罪。但撇開宗教的角度，兩人對烏瑟的幫忙卻是世俗情義的表現，只是這時的不列顛已開始了基督宗教的教化，此刻情義和倫理道德明顯站在對立的基礎上。其實，亞瑟的誕生在道德上是有瑕疵的，不過，這不是亞瑟該負的責任。

就另一角度而言，正如梅林後來向各個爵卿解釋亞瑟並不是私生子的理由，因為康窩爾公爵戰死後三個時辰，烏瑟・潘特拉岡才和伊格蕾行房，後者那時理論上已是單身寡婦。不久之後烏瑟・潘特拉岡便正式娶了伊格蕾為后，兩人具有正式婚姻關係，亞瑟出生時，既是親生父母在有效婚姻中把他生下來，而且又是國王和王后的骨肉，在法理、人情和倫常觀念上，亞瑟的先天身分地位是無法挑戰的，他出來繼承父親的王位，應該是適格合宜之事。

石中劍驟忽面世

烏瑟・潘特拉岡雖然當著所有爵卿面前說他要傳位給自己兒子，但他一撒手棄世，全國便陷入危機，每一位有勢力的爵卿都想做國王，這是因為大多數的爵卿都不知道亞瑟的存在，更重要的是英倫早年王權的制度尚未明確建立，篡位自立的歷史在當時有前車之鑑。

其他史書上溯記載了佛迪準 (Vortigern) 篡位康士坦丁 (Constantine)，並把年幼的王子安博洛斯 (Ambrosius Aurelianus) 和烏瑟・潘特拉岡驅逐到歐陸的不列顛尼去，時約西元 425 年。後來兩位王子重返英倫復仇，並與佛迪準招攬過來的撒克遜人開戰，不列顛民族因為安博洛斯和烏瑟・潘特拉岡重返家園，才又有國王領導。

在《亞瑟王之死》裡，年幼的亞瑟冒著重蹈前人覆轍的風險。故此梅林想到藉由坎特貝里 (Canterbury) 總主教的威望，召集全國爵卿在倫敦聖保祿大教堂集合，然後宣布王位繼承的事。

> 眾人看見在教堂的院落中靠著高高的祭臺有一塊四方的大石，很像一片大理石，在中間好像有一塊鐵砧，一尺多高，上面插了一把漂亮的劍，劍身沒有上鞘，其上寫著鑲金的字：「誰能把這劍抽離石塊和鐵砧就是生而為全英格蘭的真命國王。」所有在場的人都驚訝不已，紛紛把所見到的告訴總主教。（引自頁100）

就在眾爵卿都在教堂裡祈禱時，奇怪的事發生了。教堂院子裡出現了一把插在大理石塊上的劍，劍身並有文字。這個現象和梅林有無關係不得而知，但卻是在他建議總主教召開集會之後才發生。首先是眾人從教堂出來都試著去拔起那把神奇的劍，但全都失敗，總主教便宣稱真命天子還未現身，於是又再宣布請所有男子在元旦那天都來一試身手，爵卿們也同意在同一天舉辦一場比武競賽。

說到提起矛槍騎著馬比賽，所有騎士都躍躍欲試，一來可使他們的馬上功夫不致於生疏，二來也可因為贏得賽事而建立名譽。更重要的，尤其是年輕未婚的騎士，會利用機會展現英雄氣概，好獲得女士們的青睞，當然還有人在這種場合吸引上級或高級長官的注意，作為晉升效力君主的敲門磚。雖然比武非常危險，但騎士們對這種一舉數得的機會都樂此不疲，而膽怯不敢出場上陣之士會被人瞧不起，難以在同儕之間抬頭，更不要說被佳人賞識了。

無巧不成書

元旦那天彌撒之後，所有爵卿都騎著馬到賽場。艾克塔爵士帶著兒子凱爵士也乘馬進場，不過此時凱發現忘了帶佩劍。在馬背上比武會先用矛槍互刺，如槍折斷了，就再用劍揮擊。凱是新冊立的騎士，規矩和準備工夫還不夠熟練，忘了帶佩劍上陣，因此便央請義弟小亞瑟替他回家拿劍。

事有湊巧，家中每個人都出去看比武，亞瑟無法找到凱的配劍，但他靈機一觸，記得教堂院子裡大理石上插著的劍，便飛快到那兒，而此時守衛的騎士也都去了比武場，沒有人留守，亞瑟便輕易地把劍抽拔出來。此插曲於是拉開了日後許多兒童故事和漫畫裡石中劍的序幕，也是亞瑟步入奇幻人生的開端，其實背後有許多精巧的細節在鋪路。

所謂精巧細節，也可稱作巧合。在西方的傳奇裡，巧合或冥冥中的安排充塞在大大小小的情節裡。事情或事件的發生有時像毫無頭緒或沒有因果關係，表面上不容易參悟的現象，但骨子裡有一種或然的法則在運作，顯示出不可思議的玄妙情景，超出正常解釋範圍，然而，這一切似乎都有一種奇特的天意在擺布，並不太算是人為的操控。

從這個原則來看石中劍，先是有一把神劍插在大理石上，它何時而來？因何而來？而且是在人來人往的教堂院子裡，又誰有能力做這件事？通通沒有答案，只有兩個字在眾人心中：「奇特」。但劍身文字卻預兆將會發生的事情，這則文字馬上引起所有自認有資格的社會上層人物的興趣。魔法之迷人，就是以小小的舉動產生意想不到的後果或效力，而至影響深遠。

在實情上，總主教召集眾多爵卿在教堂齊聚禱告，如果無法使這批自以為是的騎士正心誠意等候宣示，最少神劍的出現會教他們不敢不從，而且會甘願候旨，因為在教會的規範以外，神奇的奧蹟出現了，所以不論身分高低的爵卿騎士都到教堂去，又為了滿足個人英雄主義的色彩，他們都安排一次盛大的賽事。

在這個當下，另一巧合又發生了，按道理，騎士應該手不離劍，但偏偏凱在前一個萬聖節才剛被封為騎士，所有遊歷經驗都只有短短幾個月，居然忘了備劍出賽，因此，亞瑟便受託取劍，他返家時屋子裡又沒有大人，表示劍不是隨處亂放，有一定的收藏點，還需要家裡有身分的人才能處理。因為不能空手而回，少年亞瑟便想到大理石上的劍，也因為事有湊巧，守護寶劍的騎士都跑去看比武了，在亞瑟拔劍時遂沒有人喝止他。如果沒有這一連串的巧合，亞瑟便沒有機會去拔劍。

此時的亞瑟，約為十四歲左右的少年郎，通常貴族男孩在這個年歲，僅能做騎士的侍應或見習騎士 (squire) 而已，不能參與重大的儀節，但可從旁襄助騎士進行活動。故此，寶劍上的文字，少年亞瑟可能不知道，甚或全不關心。找到了劍，他就不假思索，也不看看劍身的金字，拔了出來便送到他義兄凱那裡去；天真無邪的亞瑟似乎會錯過一個極其關鍵性的機緣，因為凱一看到這把從石中抽出來的劍，便直奔他父親艾克塔爵士那兒，宣稱自己要做全英格蘭的國王。

幸而忠耿的艾克塔把凱和亞瑟帶回到教堂，要凱拿著《聖經》發誓說出他怎樣獲得那把劍，瞭解事情原委後，他要亞瑟把劍放回原處，跟著三人一一試驗，也只有亞瑟才能把劍從石中抽出，兩人便向亞瑟下跪，因為亞瑟經由寶劍證明了自己是天命所繫，艾克塔又說出他是經由梅林所付託，僅為亞瑟的義父，亞瑟的血統至為高貴。

在如此關鍵時刻，艾克塔若有一點點的私心，便會把亞瑟的前途葬送掉。因為有這樣一位忠臣，不列顛的國祚又可多延續百年之久。表面上是一個貴族的人品行為，但他牽動了國運，難以不把此事列入巧合背後的命運來看。一旦三人各有所領悟，便進入下一步的時空架構裡：

> 隨後他們便來到總主教跟前，告訴他那把劍是怎樣獲取以及由誰拔出來。十二天之後，所有的爵爺都聚在那兒，只要有意願，都可嘗試去拔劍，

> 但在眾人面前，不管誰都無法把劍抽出來，僅只亞瑟一人成功。因此許多大人們都生氣了，覺得受到極大的羞辱，因為這個王國將由一個出身卑微的小孩來統治。為了這個緣故，他們都在吵鬧，要把擁立君主的事拖到聖燭節，到時，所有王公貴介再次齊聚會商。不過與此同時，十名武士受命要日夜監看這把劍。故此，他們就在石頭和劍上搭起了一個亭帳，不管何時總有五人盯著這把劍。（引自頁 104）

因為這把劍，人性的貪婪和爭權奪利的手段全都曝露出來。所謂貴族和位階高低不一的爵卿，除了艾克塔，都極力詆毀亞瑟的出身寒微，不認為他有資格繼位，雖然神奇的驗證就在眼前。

這件立君的國家大事，就這樣從聖誕節延後兩次，又拖到聖神降臨節（復活節後五十天）才告一段落。有些大公們仍然不服氣，但是除了亞瑟之外，再無一人可以把劍從石中拔出來，這時圍觀的百姓已不耐煩，高喊要亞瑟為王，跟著一干人等馬上跪下，要求亞瑟原諒，因為他們把他登基之事拖得太久了。於是亞瑟便被冊封為騎士，在總主教面前，跟著進行加冕。

少年一夜長大

在這個年代，騎士和國王的身分是不衝突的，有騎士資格的國王其實更受人尊敬，因為前者是資格，要用真功夫和實力去贏取，它是一種榮譽，也是一種期許和能力表現。至於後者，純粹是身分地位和位階，可以因世襲不勞而獲，當然也有用武力或手段取而代之的。

現在亞瑟擁有兩個頭銜，都不是他爭鬥得來，而是順應主觀和客觀的條件，證明他夠格，並由神奇的寶劍驗證。當著眾公卿和百姓的面，亞瑟於是宣示要做一個好君主，維護公義。

> 跟著下來，他要求擁戴王權的爵卿趨前，照規定行君臣之禮。許多人趁機會訴說自從烏瑟死後境內所發生的弊端和惡行，諸多爵卿、騎士、貴婦和紳士的土地給剝奪了。亞瑟便當下把那些田地物歸原主。（引自頁105）

這時的亞瑟，大概只有十五歲，還不是成熟睿智的君王，但有梅林的扶助和建言，也有總主教的背書，暫時把局面控制住，因為旁邊還有幾位亞瑟父親時代的重臣留在朝廷。即使從他父親棄世到亞瑟就任不過短短一年，國內已發生了弱肉強食的混亂狀況，亞瑟一一把亂象改正，而且馬上生效，顯見他維護公義的誓言不假。

新時代的開始，也就是秩序重新建立，沒有秩序的王權是失能的政權，不能保障百姓安危的王權是虛幻的政體而已，要維持騎士的作風和志向，亞瑟必須有所作為和展示擔當。於是他依次先任命他的義兄凱爵士為英格蘭的總管大臣，再任命不列顛的鮑德溫 (Baudewen) 爵士做警監，烏菲厄斯爵士做內務大臣，巴勒斯提亞斯 (Brastias) 爵士做特倫河以北國境的督軍。後面二人都是烏瑟・潘特拉岡的心腹騎士，亞瑟繼續重用父執輩的大臣，這絕對是軍師梅林的主意而亞瑟也願意聽從。至於巴勒斯提亞斯督軍的重責，是因為當時北方的敵人包括了皮克特人 (Picts) 和蘇格蘭人，若沒有推心置腹的邊疆大臣坐鎮，亞瑟的北境國土便會飽受威脅。幸而幾年之後，亞瑟統領了北方所有的領土，包括蘇格蘭，也克服了威爾斯之地。

於情於理亞瑟做了該做的事，既能穩定軍心，爭取上層社會的支持，又能安百姓的疑惑，展示一個通情達理、秉公處事君王的氣度，不只念舊，還有情有義，是值得依託的大人。

聖神降臨節、內戰

加冕之後，亞瑟進入威爾斯的卡里昂 (Carlyon) 市，並宣布在下一個聖神降臨節在該地大事慶祝。威爾斯是新近納入亞瑟的版圖，把羅馬時代的古城變為亞瑟世代駐蹕之地有其政治意涵。其實，在這個時代，君王沒有一定的朝廷地點，歷史上多稱為行動朝廷 (itinerary court)，也就是國王的營帳駐紮在那裡，那裡便成為朝廷。因此，歷來在亞瑟故事的研究當中，卡密諾（Camelot，亞瑟的朝廷）的位置有多處，卻莫衷一是。重點是，卡密諾就表示亞瑟的所在，表示歡慶、騎士友情、仕女的現身、奇聞軼事集散地和正義的指標。

另一方面，選定聖神降臨節有相當的象徵意義。從宗教層次看，這個節日還是復活期，舉國仍沉浸在慶節氣氛中，此時舉辦全國性重大盛典，是宗教和世俗生活形式的共融。而且此時英倫的氣候正當溫暖春天，非常適合戶外活動。所以在英文本的故事裡，出門在外歷奇(adventure) 的騎士，每年的聖神降臨節都要回到卡密諾述職，或回來參賽，或在此重發騎士的誓詞。這個節日在圓桌騎士生涯中的重要性，可以追溯到亞瑟加冕後第一個聖神降臨節所指定的盛會時刻。

亞瑟旨意公布之後，當天便有許多國王和爵卿每人都帶領數百名騎士雲集。亞瑟十分高興有如此多的王爺來慶祝，於是準備大禮送到他們的帳篷裡以表謝意，但這些人拒收禮物，並請來使傳話，他們來到卡里昂是要結束亞瑟的生命，因為讓一個無名小卒統領英倫是對他們極大的羞辱。雖然過了沒多少天梅林便來到這些憤怒爵卿的陣營，解釋亞瑟實在是烏瑟．潘特拉岡的兒子，這些武夫也不為所動，終於兩方開戰。

這是亞瑟登基後首場內戰，也表示英格蘭的王位是眾人覬覦的，主因之一是亞瑟青春年少，沒有戰功，卻僅靠抽拔出神劍便登上大位，使別有用心又不懂天意的王侯不能接受，然而，這場內戰間接地也顯露出亞瑟早

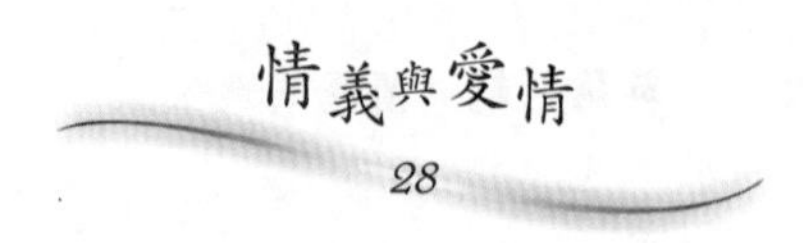

慧的能耐。

不凡帝業的開始

兩方開戰不久，在形勢上叛軍的人數超出亞瑟的軍力甚多，雖然亞瑟有正當性，但六名反對派的國王又另外找了四位國王和另一位國君助陣；這些來自各地的君王，只是名義上擁戴亞瑟的父親。軍師梅林於是建議借助外力解困，到歐洲大陸去找班威克之班王 (Ban) 和高盧之博爾斯王（Bors，即法蘭西王）帶兵前來相助，事後亞瑟答應再派兵襄助對抗他們的敵人克羅達斯王 (Claudas)。梅林因此獻計：

> 「以下是我的建議：願吾王和眾卿派遣兩名可靠的騎士，帶著措詞得體的書函，到班王和博爾斯王那裡，好讓他們能前來會見亞瑟王和他的朝廷，幫他擺平戰事，而吾王可向他們發誓許諾，事後會反過來幫他們開戰對付克羅達斯王。不知諸位對這建言覺得如何？」梅林問道。（引自頁 111）

法方知道英方使者是從亞瑟王那裡來，大表歡迎，顯見亞瑟雖然初始為王，他的奇遇背景和聲譽早已傳到歐陸。班王和博爾斯王很快便率領好幾百名騎士渡海助陣，梅林再帶著班王的信物到班王的部屬那裡，招募了一萬名騎兵航向英格蘭，在多佛 (Dover) 港登陸，走隱密的路線，目的地是卡里昂市，但他們先在目的地前的貝德格林 (Bedgrayne) 森林埋伏候命。

然後，在梅林指點下，亞瑟的部眾移師到貝德格林森林和從法蘭西來的軍隊會合，亞瑟這一方總共約有二萬騎兵之眾，都藏身在特倫河稍北，今天英國中部諾丁漢郡的雪伍德 (Sherwood) 森林內，而敵軍總共有五萬騎兵和一萬步兵，形成一支北軍。首先亞瑟引軍離開城市，開拔到森林邊，避免打仗時殃及無辜，這是仁者之心。在兵力上亞瑟只有二萬卻要對付六萬的北軍，勢力懸殊，但也顯出亞瑟的果敢和以上兵伐謀的策略，當然其中少不了梅林的運籌帷幄，不過若亞瑟剛愎自用，梅林再強也於事無補。

幾番攻略和突襲後，亞瑟一方把十一個君王打得節節敗退，在好幾場戰事中，亞瑟、班王和博爾斯王都立於戰鬥危機之中，甚至被打下馬，但他們一旦奪得另一匹戰馬，又奮不顧身，淌著血還左斬右砍，連敵方也佩服不已，在士氣如虹之下，敵方被驅趕到河的對岸，亞瑟本擬再戰，但這時梅林卻騎了一匹大黑馬，出現在他面前。

梅林勸亞瑟暫時停手，因為對方六萬之眾，只剩下一萬五千個活口，再行殺戮，上主定會生氣，亞瑟必須回營休息，保持元氣。這樣的軍師，無疑也是戰爭中良知的表現。因為這些北軍，也有從東面和南面招來的兵員，衝著六名叛軍國王的惑言和協約而來，基本上他們都是各族的不列顛人，這場戰爭本來就是內戰，不是為了抗拒異族侵凌之戰。其中有些領導人物彼此還有親屬關係，譬如北軍的羅特國王，便是亞瑟的親戚，如今兩人卻兵戎相見。

梅林請亞瑟安心退兵到任何他想去的地方，因為那些國王要煩惱的事還多著，主要是馬上「會有四萬多撒拉遜人 (Saracens) 在他們的國境登陸，又放火殺人，還會把萬達斯部落 (Wandesborow) 堡壘圍城，大舉摧毀。所以，這三年你可安枕無憂。」（引自頁 128）經過梅林的解說和預言，這場內耗之戰就此止息。

打造最佳男主角

亞瑟的英勇與能耐在此戰中表露無遺，他的指揮能力和配合梅林所表現的仁者之心，對情義的理解和慷慨大方犒賞隨員和友軍，不把戰利品據為己有，在在標明他的個人魅力和統御才能。因為個人的武勇和力氣，與面對千軍萬馬的氣概是截然有別的情況，亞瑟在這場戰役中證明了眾人對他的讚譽，和受人敬畏的沙場老將班王以及博爾斯王的氣勢能耐無異。

亞瑟王　亞瑟站在他所統治的三十個王國名上方。大英圖書館藏中世紀手抄本。

其次，在進退之間，他們以少敵眾，用的是謀略，以不傷己身為原則，又不以殺戮對方為目標，雖不至於令對方服膺，起碼已使他人敬畏有加，不能再把亞瑟視為吳下阿蒙的少年。

再來，這一役劃清國境勢力範圍，英倫中部周邊地域將在亞瑟再度出征時全部屈服，王國有效範圍已確立，但也埋下戰事延長的火種。有許多馬羅里的研究者指出，這是馬羅里創作時借用亞瑟的酒杯，澆英格蘭政壇的塊壘：北方的敵軍隱含馬羅里所認知的百年戰爭和玫瑰戰爭的影子。還有一點就是亞瑟此時面對的政治形勢，從法蘭西而來的軍事力量是正能量助力，撒克遜民族的強悍擄掠則是毀滅的暗黑勢力。

亞瑟加冕了，也戰勝了第一場重大的戰爭，同時確立了自己的基業，雖然內有強權覬覦，卻外有國際的支持和認證，而且很快就把自己的聲望傳播到歐陸去。這個王國，從開始之初便與眾不同。

這時，梅林辭別三位國王，東行到諾森伯蘭他師傅布洛瓦斯 (Bloyse) 處報告，梅林的師傅把一切都寫下來，做成紀錄。由閱歷豐富的布洛瓦斯來紀錄一切，等於把亞瑟建立王朝之事，寫入了歷史，意義非凡；這點敘述是其他亞瑟故事裡沒有的記載。

預兆前途和人生新境界

大戰後不久，亞瑟獲報北威爾斯王領兵侵凌坎梅拉德 (Camylarde) 國（相當於康窩爾之地），國王羅迪格雷斯 (Lodegraunce) 向亞瑟求救，後者出兵敉平亂源，但他也因而愛上羅迪格雷斯的女兒關妮薇 (Guinevere)，從此不能自拔。

不過在出兵事件之前，眾多爵卿來到卡里昂向亞瑟致意，其中一名伯爵的女兒黎安諾絲 (Lyonors) 在列，這名漂亮的少女對亞瑟有好感，後者對她也有愛意，兩人交往並生了一個小孩，名叫博瑞 (Borre)，日後成了一名出色的圓桌騎士。差不多同時，北軍羅特國王的妻子馬葛絲帶口訊要見亞瑟，其實是要刺探軍情，不過很快兩人便相好，馬葛絲在宮中停留了一個月，後來亞瑟和她產下一名男孩名叫莫得傑 (Mordred)。馬葛絲為高威的母親、伊格蕾的女兒，因此也是亞瑟同母異父的姊姊。

前述都是在短期間發生的事，亞瑟的確已即位為王，建立了彪炳的戰功，前途一片光明，但就私生活而言，卻是一場糊塗。敘述者沒有避諱隱瞞，把本來應該慶賀的新生活寫成一開始便染上了瑕疵；他是英雄不假，但在品德上卻不完美。

梅林鐵口直斷

不過亞瑟和馬葛絲亂倫之事，事前他倒不知道彼此的親屬關係，馬葛絲離去之後，亞瑟做了一個怪夢，又遇到一些怪異的事，梅林便給他勸導開釋，告訴他親生父母的真實身分，還警告他說：「你最近做了一件讓天主不高興的事，因為你和自己的姊姊上床，還讓她懷胎生子，此子將毀掉你和你境內所有的騎士。」（引自頁136）梅林又說：「因為你的罪行使你的軀體受到懲罰。不過我更擔憂的事……就是我自己也死得很冤，被活埋在土堆裡，而你之死卻可獲得千秋萬世名。」（引自頁137）

亞瑟獲知伊格蕾皇后是他的生母之後，他便把母親請來親自問話，梅林和艾克塔爵士分別證明亞瑟的出身和養育的經過，於是母子相認，亞瑟遂下令舉行盛宴，大事慶祝八天之久。身世大白、母子相認重聚，本是喜事一樁，也是正確人倫的重建。然而在此之前，亞瑟卻沒有好好保持他的靈和肉的純潔，從宗教或道德層面來說，都是罪孽，而他又沒有透過悔罪的洗滌，在親情重生之餘，仍然帶著有罪之身進入人生另一階段。

雖然作者沒直接批判亞瑟的敗德劣行，但透過梅林之口已宣判了他畢生的刑罰，而且就在亞瑟重生之時，即預告他的惡果——他的兒子將會毀掉他和他所有的一切。此時青春年少的亞瑟未必聽得懂老者勸誡之言，但已預兆日後他死亡的方式。

作者馬羅里沒有完全創造亞瑟這號人物，大體上，他和之前的詩人、作家沒有太大的出入，也就是他形塑了一個英雄人物，令人仰望的奇人，但絕不是聖人，人性所有的弱點他都有。因此歷來英雄豪傑都願意以他做榜樣，因為他並不是聖潔到高不可攀，而是有血有肉的凡人，可以學得來，會站在高峰，也會跌倒在地。

另一方面，梅林也知道自己的未來，雖然他會冤屈而終，但就是逃不過如此命運，即使他有極大的魔法。如此說來，也有一定程度的安慰亞瑟，後者縱然有王者之姿，也要服膺天命。有些事，非人力所能操控擺弄，這和亞瑟那個年代眾人認定命運之神掌握個人福禍的觀念是一致的，福與禍來時不可測知，不過在騎士闖蕩江湖之際，常常會有些隱士或聖者提出警告，或幫忙當事人辨告解恕罪。

梅林預言亞瑟會名垂千古，是基於他超自然的魅力，和觀察亞瑟性格所得，絕不是因為亞瑟和關妮薇的婚姻或愛情故事，而是沒有說出口的圓桌騎士團的精神和聲譽，這是前人所沒有做到的境界。

圓桌騎士

在日耳曼民族的戰士中，有所謂同輩死士團(comitatus)的生活方式，後來在古英語時代（約西元 500 或 600～1150 年），即亞瑟年代以後，盎格魯撒克遜人佔領英倫時，便在他們的史詩裡反映出來。comitatus 原本是羅馬時代公民聚會投票的場合，演變成為古英語時代有權勢的人（武士們）在宮中與國王把酒共歡的團體和場合。

此時的亞瑟，又比後出的撒克遜人的做法更早，是他把戰士制度性地變為騎士，不只是武功的包裝，也是規矩、忠誠和榮譽（個人的和團體的）之定調，再加上宗教信仰的核心價值，成就了圓桌騎士團的作風，備受當時各地君主的仰慕敬佩，開啟了武人的新視野、境界和武德，這就是本書會在後文加以描述的情義。

至於朝中另一端特色，就是當時富有浪漫色彩的求

愛現象 (courtship)，也就是宮中的愛情觀和做法。就這兩端，已足夠使亞瑟在歷史上留名。

初窺騎士的風範

任何制度的創立都需要一些動機、誘因、刺激或需求狀況，其中涉及到觀念的改變通常都不會一蹴即就，有時不一定是某人原創，但他營造適合的氣氛，到成功建立之時，功勞還是算他的。

同理，騎士在亞瑟的時代已經存在，但他們還未稱為騎士，而大致上是騎馬的武士 (warrior)，當代所認知的騎士要到十一世紀之後才出現。英文本《亞瑟王之死》是十五世紀的作品，所描述的卻是五、六世紀之交正式騎士出現在歷史舞臺時的情景，可說是時空誤置。在故事裡，亞瑟時代騎馬的武士已進程到了後代騎士的階段，這是在亞瑟傳奇這文類出現之前沒有的情形，也等於說現代騎士的行為守則是那個時空的新生事物。下面兩個插曲大略可以說明。

少年騎士比武去

亞瑟宮中慶節之後，有一天一名見習騎士到亞瑟面前，訴說他的主人騎士被另一名在泉井邊的騎士殺害，請求替他的主人安葬並指派一些騎士替他主人復仇。這時一名年輕的見習騎士古里芙列 (Gryfflet)，經常替國王勤奮服務，上前請亞瑟賜給他騎士的頭銜以便出馬。

此時，亞瑟雖然和古里芙列一樣年輕，但一來他是國王，二來他已是騎士，自然有資格冊立他人為騎士。在當時，兩名騎士相鬥致死，如有人要替死者復仇，一定也需要有騎士資格，而且要公開比鬥。如此做法既表示雙方身分要對等，還要用光明正大的方式舉行，否則另一方可以置之不理。

亞瑟雖然把古里芙列封作騎士，但他規定後者若被打敗落馬時，要立刻回宮，不可奮身不顧命。這是亞瑟憐惜人才之故，因為古里芙列一旦成了亞瑟的騎士，後者便有義務照顧他的身心安危，這是騎士間的情誼默契。古里芙列應諾後，便裝備好快馬去找在泉井邊獲勝的騎士，向他挑戰比鬥。

比鬥的形式可以是用長槍比武單打獨鬥 (joust)，

也可以是一小隊對一小隊，也可以在打仗時用混戰(melee) 方式殺敵。不過在承平的日子裡，比鬥成了賽事的一種，也有利用比鬥來爭取公義或解決恩怨的情形。兩造通常身披盔甲面罩，騎上戰馬，手提一根硬木做的矛槍，約為四公尺長（十三呎多一點），向對方的盾牌或身體各部位衝撞，目的是把對手打下馬，若仍不能停戰，便會在矛槍折斷後揮劍續鬥，至分出勝負為止。然而矛槍的打鬥和撞擊是高度危險的事，很容易重傷甚至送命。若訓練不足便來比武，是智者所不取。

那名戰勝的騎士看見古里芙列前來，便勸說：「你還年輕，才剛剛封作騎士，你的力氣和能耐無法和我匹比。」（引自頁 140）因為他看出古里芙列是小伙子。這個年代通常男孩十五歲就可轉換身分成為見習騎士，但要差不多到二十一歲才訓練期滿準備冊立做騎士。

然而初生之犢不畏虎，衝撞的結果，「古里芙列的矛槍都折斷了，繼之，那人刺穿古里芙列的盾牌，直透過他的左側，矛槍斷裂，柄棍留在他身上，使他連人帶馬翻倒在地上。」（引自頁 140～141）那名騎士害怕已將古里芙列打死，趕快下馬解開後者的頭盔讓他透氣，再把古里芙列連槍柄一起放在自己馬背上，讓馬匹把他送回亞瑟處。

這名獲勝的騎士，原先也打敗另一騎士使他送命，可見他的比鬥實力頗高。當初比鬥原因雖然不清楚，但大概是公平打鬥，互相盡全力致使較弱的一方因傷重而斃命。然而在本次搏鬥中，他雖然贏了，可能尚未盡全力，但已重傷年輕騎士，幸而亞瑟宮中有良醫，把古里芙列救回來並治癒。

重點是，兩人在馬背上比武是在公平的條件下，沒有威迫，還主動勸止較弱的一方。此外，優勝的騎士沒有落井下石或見死不救，還把傷者送回原處。站在平等的立足點比武，又替傷者著想，沒有因為受到挑戰而遷怒，在在顯示他的自律和風度，況且沒有乘人之危，更是一種榮譽感的表現。

亞瑟接力挑戰

後來亞瑟自己裝備好去會那名資深騎士。那騎士就坐在泉井邊，好整以暇要和所有路過的騎士比武，不比鬥便不能通過。這種強制性要求是騎士測試自己能耐的方式之一，在傳奇裡經常出現這種手段，尤其是在自己的土地上，因為騎士們除了替他們的君主服役或服務外，基本上是屬於有閒階級，每每會想一些樂子，找人比武是方式之一，大致上不一定有惡意。

亞瑟勸那騎士放棄強迫他人比武的習慣，但對方不從，因此兩人便上馬用矛槍撞擊對打。首輪結果兩人的槍矛都折斷了，亞瑟打算拔劍互擊，但對手建議還是用矛槍比武，因為此法要精於馬術、力氣、技巧和使用撞擊，容易看出真功夫。但亞瑟表示自己已沒有矛槍，騎士便讓見習騎士送上新槍，再打時各自的矛槍仍然折斷，亞瑟再度要拔劍。騎士一方面稱讚亞瑟是個中高手，另方面又說：「為了騎士品味崇高的榮譽，讓我們再比鬥一個回合。」（引自頁 143）騎士說這話時並無詐欺之意，他其實想試出亞瑟功夫的底線，就兩回合的比鬥他自認實力堅強，要再求證。

兩人再騎馬衝撞一番，這次，亞瑟的矛槍還是撞斷，而對手則把亞瑟連人帶馬打倒地上。亞瑟終於拔劍並說自己已輸了馬上功夫，不過他要測試對方徒步打鬥的能力。騎士雖然還想在馬背上比劃，但亞瑟已抽劍提著盾牌走上前來，騎士見狀便立刻下馬。

這個動作顯示亞瑟已不願再騎馬糾纏，而且他也不服輸，要在劍擊中扳回一城。至於那名騎士的反應，則表明了要遵守比賽的禮儀，而不打算要置對方於死地，「因為他覺得陷一名騎士在此情況是不光彩的：他騎在馬背上而對手徒步。於是他便下馬握著盾牌走向亞瑟……」（引自頁 143）

再經過一番浴血劍擊，亞瑟的劍斷了，騎士要亞瑟選擇屈服求饒或被殺。又一陣肉搏，騎士本擬把亞瑟的頭砍下，不過在危急中梅林現身，念咒語把騎士弄到跌倒昏睡，救了亞瑟。但亞瑟怕梅林把對手殺掉，說他寧願放棄統領國土一年也要救活騎士。梅林則安慰亞瑟說那人只是昏睡，一個鐘頭後便會醒來，而且日後會對他效力。此人就是培里諾 (Pellynor) 國王，將來會生兩個兒子，一個叫帕斯瓦 (Perceval)，另一人名叫藍瑪陸克 (Lamorake)，都會是亞瑟的大將。

在緊要關頭，亞瑟和那名騎士都有性命之虞，尤其是亞瑟，但彼此英雄惜英雄，發揮騎士行為規範，樹立騎士而不只是武士的精神，特別是榮譽需要贏取回來，而不是用壓迫得來。至於梅林適時現身又可解釋他隨時隨地都為亞瑟著想，護佑著他。

艾斯卡理伯現身江湖

負傷的亞瑟，遠離群眾，又沒有武器，梅林便指示他乘馬到附近一座湖，此湖中伸出一隻手臂，握著一把寶劍。此劍是亞瑟日後所使用的寶劍，靠近時，有一少女從湖面上走來，那是湖中仙女。少女向亞瑟打招呼，亞瑟也向她致意。少女解釋湖中之劍屬於她所有，可以送給亞瑟，但亞瑟需贈送她一件禮物。

此刻的亞瑟，經過與培里諾國王競技的淬鍊，從敗績中認識到自己的極限和能耐，又從湖中仙女處將獲神劍，可說是煥然一新，有了寶劍，他就能展開騎士的新生命。

亞瑟於是坐船到湖心取得艾斯卡理伯 (Excalibur)，這是一把削鐵如泥的神劍，和一年多之前在教堂邊所抽取的石中劍完全不同。後者助他登基，前者卻伴隨著他往後的生涯，護佑他面對艱危的戰局，防身又保命，而且這把劍贈予的對象明確，加上有人親自介紹，增加神祕的想像空間。

亞瑟把劍拿到手時，那隻原來握著劍的手臂便潛下湖裡去。回到陸地上時，梅林預告稍後他們會在路上遇見培里諾，因為亞瑟已有劍在手，便說待會兒和培里諾較量，不過梅林卻制止他，理由是培里諾已和別的騎士打鬥過又追逐過好一會，理應極為疲乏，再和他比鬥是勝之不武。

輕描淡寫中一方面表示亞瑟不服輸和好勝的心態，另方面梅林也告誡亞瑟要公平競爭，雖然亞瑟不知道培里諾在前頭面對的狀況。類似情形也發生在後來崔斯坦 (Trystrams) 在比武中大敗眾多亞瑟騎士，為了己方聲譽，亞瑟便請藍撒洛 (Lancelot) 出馬扳回一城，後者認為崔斯坦已戰鬥甚久極為疲乏，這時和他對壘等於取巧，有違騎士光明正大的精神。

此外，梅林又告訴亞瑟關於艾斯卡理伯的奧祕特色；劍固然是寶物，但劍鞘才是神器，因此如果將劍鞘帶在身上，即使受了再重的傷，也不會流血，要亞瑟謹記珍惜。

回到卡里昂之後，亞瑟下令所有在五月節（五朔節）誕生之勛爵和貴婦的孩子都要送到他那裡去，因為梅林在前面還告訴他，將來毀掉他的人是在五月節出生。故此，所有貴介的孩子都被放在船上送到海上，船被風吹撞到一堡壘邊粉碎，大部分的小孩都遭滅頂，只有莫得傑被沖到岸邊，讓一戶好人家發現撿回，後來把他養大到十四歲，再送到宮裡去。

由此看來，亞瑟其實很在意梅林的預言，但這個做法傷及太多無辜性命，有乖天理，成為他畢生的罪孽。又因為擁有艾斯卡理伯，亞瑟更勇於戰鬥，雖然不見得自恃，卻能更安心領軍作戰，幾乎無役不與。表面上，艾斯卡理伯是神器寶劍，但也是雙刃劍，視乎使用者的心態。

神劍一出，怪事連發

過了一段時期，亞瑟召集眾爵爺到卡里昂共商討伐犯境的宿敵厲恩斯王。同一時間阿法隆 (Avalon) 島來了一名少女，身上配有一把劍無法解下，只有言行舉止都非常優秀，沒有惡行又非奸詐的騎士才可解下。宮中所有的騎士，包括亞瑟都賣力要把劍從劍鞘抽出，但都失敗。亞瑟既然可以抽出石中劍，這次應該會成功，但他自私和錯誤的指令，殺害無辜嬰孩，上天沒有忘掉，不過他還是堅稱宮中有最好的騎士。

在少女準備離開之際，一名窮苦騎士，已被囚在亞瑟宮裡有半年之久，請纓上前輕鬆地便把劍從鞘裡拔出來，但還是有不少騎士對這名寒酸騎士嗤之以鼻。這名寒酸騎士想保有這把桀傲不馴的劍，不過少女卻勸阻他，因劍將來會帶來殺身的悲劇。騎士不聽，少女便悲傷地離去。

這名叫做巴林 (Balyne) 的寒酸騎士被眾人說成是借用魔法，而不是靠自己的正氣去拔劍，不過，他已準備離開亞瑟所在的卡里昂。就在這個當下，先前那名湖中仙女抵步，告訴亞瑟當日贈予他的劍叫做艾斯卡理伯，並向亞瑟追索禮物。令人驚訝的是，她索取的是巴林的頭顱，聲稱巴林殺了她的兄弟，而離去的少女則害死了仙女的父母。為了維護自己的尊嚴，亞瑟希望仙女提出別的要求，但仙女不答應。此時，憤怒的巴林上前，用贏來的劍把仙女的頭砍下。

亞瑟大驚，指斥巴林的做法把整個朝廷的臉都丟光，所以不會原諒他。巴林回應說，該女子虛假又奸狡，用幻術和魔法毀了許多正直的騎士，又害得他的母親被烈火燒死。話雖如此，巴林還是不受亞瑟的歡迎被趕走。

騎士中有一愛爾蘭騎士藍斯峨 (Launceor) 對巴林取得那把劍不以為然，遂自願並獲得亞瑟同意，趕上去要教訓巴林，一報朝廷所受的恥辱。但他追出去和巴林比鬥時卻被殺了，霎時間，有一少女飛馳而來，見騎士遇害，自己也殉情而死。無奈之餘，巴林的兄弟巴蘭 (Balan) 剛好出現，而不久康窩爾馬克 (Mark) 國王路過，問明原委，因為感佩這對情人的真誠，便在當地為兩人建墳立碑，書明兩人姓名和事件。無巧不成話，梅林又出現在馬克國王和眾人面前，並解說，將來有兩位前所未有的騎士，對愛情異常真誠，在同一地方大戰，不過誰也沒有辦法殺死對方，接著又用金漆在墓碑上寫下藍撒洛和崔斯坦的名字。

插曲的寓意

艾斯卡理伯是一把雙刃劍，由亞瑟帶回卡里昂宮中後，一連串如上的怪事便發生了。每一個插曲都有因由，單獨來看，難以發現其中的意義，但有幾點可以肯定的：

1. 這時的騎士尚在學習自我節制之中，意氣用事為最易犯的毛病，影響也深遠，亞瑟的宮廷除了招賢納士之外，也是一個避風港，惟不能控制脾氣而以武犯禁會敗壞宮廷的聲譽。
2. 那時的勇士或名媛為了要測試或尋找能幹的騎士，都會到亞瑟朝廷去，這些殊異的事件，間接也證實年輕的亞瑟已有號召天下英雄的雄心和名氣。
3. 中古時期人們的生命年壽，難以預測，因為有太多不測的風雲，特別是騎士，一旦參戰甚至比武競賽隨時都有性命危險。
4. 報復或報仇是騎士階層常常掛在嘴邊的說詞，有時卻是不必要的做法，因為要報復的人未必有理，譬如梅林說戰死騎士的親屬會找巴林算帳，但巴林說，他是在自衛中殺死那騎士，他的本意是卻敵而非殺敵。

5. 故事中的少女，有些天真無邪令人景仰，也有一些不懷好意，外出搗亂，特別是身具魔法的少女，譬如阿法隆島來的少女或湖上的仙女，如果不透露她們的背景，難以置信她們到亞瑟宮中是別有所圖。
6. 梅林總是在關鍵時刻出現，又能說明過去和未來的大概，把亞瑟王朝奧祕化，撩撥多層次和豐沛的玄思。他的魔法，把亞瑟王朝置於超越而和某種神祕力量結合的想像，反映出塞爾特文化圈不可思議的元素特徵，使這個宮廷分外迷人。

魔法師梅林　傳說他有半人半魔的血統，常以長者的形象出現。霍華德·皮爾 (Howard Pyle) 畫作。

一切都是為了情和義

亞瑟在和培里諾國王比武後，變得手無寸鐵時從湖中仙女處獲得艾斯卡理伯，表面上是一件單純的奇遇，很適合在江湖行走騎士的歷奇。不過，仔細比對，這把艾斯卡理伯劍有多重寓意和牽連。除了保障寶劍持有人的身心健康之外，也替朝廷招來凶象，如果沒有艾斯卡理伯的贈予在前，宮中便可避過血光之災。

至於巴林，因為在宮中取得另一把奇異的劍，卻羞辱了亞瑟的宮廷，所以有另一名騎士追出去找他算帳，這是基於義憤，也表示他對亞瑟的敬重，然而因為他技不如巴林，結果被誤殺，這名騎士不外為了「義」而犧牲性命，雖然不是直接因為艾斯卡理伯而喪命，也是間接因為這把劍而釀成後患。

遇害騎士的戀人在悲痛之餘也自尋短見。女士是為情而玉殞，騎士則因義而歸天。這兩件都是連結在一起的情和義，由艾斯卡理伯和亞瑟朝廷中衍生出來的悲悽生命片段。這兩個主題此後經常纏繞著亞瑟朝中各個騎士，成了特色，也是容易讓外人關注的標誌。

其實巴林感到極為懊惱，因此，在路上遇見一名憂傷的騎士，便要按照亞瑟原先的意思，護送前者到亞瑟處，前者特別提醒他有一名會隱身術的騎士嘉隆(Garlon)會加害他們。擁有雙劍的巴林誓言可以保護憂傷騎士，但結果在快到亞瑟帳幕時憂傷騎士仍被隱身騎士嘉隆所殺。因為信賴巴林，憂傷騎士沒有躲藏；發揚騎士精神的巴林，卻被壞蛋嘉隆毀了他的義，不過和這名騎士同行的少女卻把刺殺騎士的矛槍柄懷在身上，其後巴林逮到機會殺了嘉隆，還叫少女把槍柄拿出來，插在嘉隆身上，替少女和自己報了仇，完成少女許願的一部分，也完成自己的義舉。

看似血腥的細節，其實在故事裡，都是值得圈點的情義例證。巴林還請曾經招待過他的賓主利用一點隱身騎士的血，去治好賓主兒子的怪病，可見在殺伐和比鬥的背後，經常有一些不可思議的力量在運作，使亞瑟的故事恩怨分明卻又神奇複雜。

事情不只如此。巴林在一比賽的城堡中殺死隱身騎士後，堡主裴霖(Pellam)國王正好是死者的哥哥，於是裴霖便和巴林對打，砍斷了巴林的劍，使他成了被追殺的對象。巴林於是跑進堡內各房間找武器，在一張桌面上找到一根精巧的長矛，便返身和國王對打，終於把裴霖打倒在地上呻吟，國王受了矛傷，霎時間城堡的屋頂便碎裂，牆壁塌下，許多民眾都倒地死去，而巴林也趴在地上動彈不得，國王和巴林躺在地上三天之久，而國王的傷要等待聖潔的嘉拿赫德 (Galahad) 出道後才能治好。幸虧這時梅林又出現在場，把巴林救起來，但巴林給國王的一擊，卻把事情中騎士所屬的三個國家都毀了；神奇的事，一再像瓜藤連串教讀者摸不著底。

後來在比鬥中，巴林用劍殺害一名守護城堡的騎士，此騎士名叫巴蘭，就是巴林的弟弟，惟在兩人戰鬥時都沒有把對方認出來，彼此誤殺了對方，應驗了阿法隆島少女所說，若巴林持有那把劍，將有喪命的悲劇發生。女堡主把兩人埋葬後，梅林又來到現場，在墓碑上寫下巴林所揮出悲慘的一擊。然後，他把巴林留下來的劍抽出劍柄，將劍身套在另一劍柄上。旁邊的騎士，無論怎樣嘗試，就是揮動不了那把劍。梅林在大笑之餘，又說了一個預言：

除了世上最優秀的騎士之外，沒有人可以舞動得

> 了這把劍，那就是說只有藍撒洛，要不然便是他的兒子嘉拿赫德，而藍撒洛會用這把劍把世上他最敬愛的人殺掉，那人就是高威。（引自頁183）

梅林的預言同時也給故事賣了一個關子。

巴林的插曲到此結束，但這把從阿法隆島帶過來的劍，卻是十足的凶器，不只把兩名優秀騎士兄弟毀了，日後也把另一頂尖的騎士毀了，即藍撒洛和高威親如兄弟的情誼也全報廢。如果艾斯卡理伯接引出亞瑟縱橫江湖，這把從阿法隆送來的劍也預告藍撒洛會現身在亞瑟的國土中。

亞瑟王婚禮的餘波

在治國和出征之外，亞瑟也尋求梅林的忠告，因為多名爵卿勸他娶妻立后，而且他也確實愛上羅迪格雷斯國王之女關妮薇。梅林覺得娶妻立后是好事，但他警告亞瑟，將來藍撒洛會愛上她，而她也會有所回應。不過亞瑟心意已決，沒有把忠告聽進去。

經過梅林和其他使者向羅迪格雷斯國王說項，婚事很快便敲定。國王把當年烏瑟．潘特拉岡送給他的圓桌，可坐一百五十名騎士，連同關妮薇和一百名騎士交付梅林護送到卡密諾。在這部傳奇裡，作者把卡密諾明訂在溫徹斯特 (Winchester) 城，而不是其他傳奇所影射在別的地方。最少在地理座標上，日後亞瑟的活動範圍有個中心點。至於和關妮薇一起過來的圓桌和一百名騎士，則有嫁妝之意。

然而，梅林事前一番話和他居中處理的過程，婚禮隆重有之，亞瑟對關妮薇的愛慕有之，但關妮薇對亞瑟的好感卻沒有什麼敘述，此情形和黎安諾絲的情況截然有別（參本書頁 33）。基本上，亞瑟和關妮薇之間，最少在初始時彼此尊重，但兩人的愛情不明顯，關妮薇沒有對亞瑟傾心的跡象，這段婚姻似乎註定是政治婚姻。

無論如何，為了籌備婚事和慶祝，宮中發生了一連串的奇事，也有十分正式和正當的事。譬如托里 (Torre) 是第一個由亞瑟在慶典中冊封的騎士，後來亞瑟才把自己的姨甥高威也封作騎士。

婚禮之後，眾騎士按身分地位入座，包括所有的圓桌騎士，就在此時，一頭白鹿闖進大廳，後面緊追著一頭白色母狗，然後再來三十對黑色獵犬，白鹿終於被母狗追上被咬了一塊肉。劇痛的白鹿撞倒了坐在桌邊的一騎士，此騎士馬上站起來，抱起了白母狗，走到廳外，騎上自己的馬揚長而去。就在此時，一名乘著小白馬的淑女抵步，請亞瑟公正處置，因為被帶走的白母狗是她所有。而她還在說話時，進來一名武裝騎士，騎著馬一把強拉走那淑女，淑女悲傷大聲呼叫。

亞瑟本以為鬧事已完，但梅林勸他必要處理一下，不然會有後遺症。於是亞瑟便派新封的高威去把白鹿帶回來，另派托里去把白母狗和遁走的騎士帶回來，又派培里諾國王把劫走女士的騎士和那女士一起送回來，對後兩起事件闖禍的騎士，如有不從，可殺掉他們。

讓婚姻失焦的餘興節目

三名騎士受命外出開始他們的歷奇。高威在追尋白鹿的路上和不同騎士打鬥，在一個城堡裡白鹿被追上的群犬咬死，堡裡出來一名騎士馬上把兩隻獵犬殺了，並趕走其他獵犬。高威便和這騎士起爭執，下馬和這名武裝騎士互打，騎士落敗倒地求饒並願投降，但高威執意要殺他，緊要關頭騎士夫人從內室出來，撲倒在騎士身上，在高威揮劍之下，本要砍騎士的頭，卻不幸殺了後者的夫人。

連高威身旁的弟弟——見習騎士高希利斯(Gaheris)，也覺得對求饒的人不加以憐憫，以致誤殺他人是不會受人敬重的。後來高威回宮報告時，皇后和眾貴婦便訂下規矩，要他在有生之年維護婦女，對求饒的人要給予憐憫。另一邊托里追上了白犬，但有一騎士攔阻，在比武之後，托里殺了那騎士，三天之後便趕回去卡密諾覆命。

至於培里諾國王，在一個山谷下，找到被劫走的淑女，兩名騎士正在為了她而打鬥，培里諾說明來意未果，便和劫去淑女的騎士較量，很快把對方砍殺，另一騎士原為淑女表親，投降後讓培里諾國王把淑女帶走，並宣稱來日會到亞瑟宮裡拜會，培里諾便帶著貴婦淑女回卡密諾。

然而在來程追尋路上，培里諾國王遇到一受傷騎士和陪著他的少女，央請他停下來救援，可惜他一心追尋被劫的貴婦。回程路上，受傷的騎士已死，少女也被獅子攻擊而亡。貴婦建議國王把亡故騎士的軀體，送到路上遇見的隱士那裡去埋葬誦經，再把少女的頭帶回去卡密諾。回去後梅林解說少女原為培里諾的親生女兒，那名騎士為她的愛人，兩人準備結婚，但在路上受奸人從後面突襲而送命，又因為培里諾沒停下來施救，上天會讓他最信任的人離他而去，終至被害。

這三人各自述說路上的經歷，確是一段奇遇，他們都是新加入亞瑟團隊的成員。表面上亞瑟婚禮的慶典到此結束，三件騎士的歷奇，其實可說是婚禮的餘興節目，在故事裡的比重，較之亞瑟情愛的發展和莊嚴的儀式更受注目。

其實在培里諾國王回程夜間露宿時，碰巧竊聽到兩名做諜報騎士的對話，驗證了亞瑟朝中的重心：「亞瑟王的宮廷，有一種同僚氣概，堅韌而絕不破損，幾乎全世界都由亞瑟掌控，因為那裡是騎士之道的菁英所在。」（引自頁 209）從這一小段，即見到亞瑟整個心思，都放在建國版圖和擴大他騎士的聲譽以及影響力上。至於他的愛情觀，大致上因為婚姻底定便放心和關妮薇共治天下，此後很少看到他費心經營夫妻關係。

總之，亞瑟在對關妮薇的照拂和應對還可以更細膩，但卻沒有發揮出來，惟在營造圓桌騎士團方面，更見他下足功夫。與之比照，年紀比他大得多的梅林，此時卻迷戀上培里諾國王帶來的宮中美女，也是湖中仙女麾下的少女尼霓芙 (Nenyve)，整天纏著她，後來她渡海到班王的班威克國時，梅林也跟著去，就是在那裡梅林首次看到少年藍撒洛，並和少年的母親伊蓮娜皇后確認，少年原先叫做嘉拿赫德，後來才改名為藍撒洛，梅林就此預言，二十年之內藍撒洛會替皇后報復，解決犯境的克羅達斯王。

亞瑟從出道、加冕、結婚，短短幾年間好像很快已脫離了青少年的行事作風，他的宮廷雖然新近創立，但規矩很快便訂定下來，包括騎士應有的守則、對朝廷誓言和他們的核心思想；出外探奇和歷險固然表示騎士的勇氣和能力，但同儕間的情誼互助和對其他騎士的禮遇，尤其是對女性的尊重，成了亞瑟王朝的特色，也是影響其他高貴人物的行為模式。

梅林不在亞瑟身邊時，培里諾國王以他對國政和閱人的歷練，給亞瑟很好的建議，把圓桌所缺的八名騎士的位置，資深的和年輕的佼佼者各四名，補足空缺，亞瑟也從善如流，使名位和接下來的軍事武功完全沒有空檔，也讓國務很快納入正軌順利運作。

然而值得注意的，便是亞瑟朝中不乏鮮事和奇聞，即使沒有魔法的蹤影，總有一些異於常情的事件吸引人們眼光，這是一個每天都有奇特異聞發生的地方，絕非行禮如儀的所在。故此，卡密諾就給人一種特殊、奇異，甚至是微妙的感覺，充滿玄祕想像，也帶有相當理想的色彩。

關妮薇嫁妝的圓桌，本來是亞瑟父親贈予關妮薇父王的禮物，透過婚姻此異物又回到亞瑟身邊，而且開創遠近馳名的圓桌騎士團，把中斷的烏瑟．潘特拉岡王朝振興，震動全歐。亞瑟的婚姻是私事，但所帶出來的圓桌卻是國事，他個人的情愛，很快便被圓桌的軍國大事所掩蓋了。

亞瑟的騎士

亞瑟的年代，尚有許多羅馬人留下來的建制規模，其中之一便是騎士的規範，騎士指的是騎在馬背上的軍人，是職務也是頭銜。羅馬帝國時代，有一社會階層，是地主也同時具有一定的財富，參軍時可以騎馬，稱之為 eques，拉丁文 equus 就是馬匹之意。eques 是僅次於參議員 (ordo senatorius) 的社會上層人物，到羅馬帝國後期的四世紀，因為參議員數目大量擴增，eques 的地位幾乎等同參議員。基本上，軍隊裡的高級官員甚至政府部門的行政官員都會由 eques 充當，他們和參議員構成了帝國的菁英分子，被視為貴族，一般的翻譯都把 eques（複數 equites）寫作英語的騎士 (knight) 一詞。

羅馬騎士的情懷，在英語詞意裡，或在亞瑟的騎士中，大體保留下來，亦即注重個人光彩和英雄主義，光耀家族門楣，在軍務至上的社會裡，尋求晉升和增加政治爬升的機會，殺敵和打敗對手，尤其獲取戰利品是常用的手段。如能征服對方位階越高的領袖人物，越能增添自己榮譽的資本，因此奮身上戰場不顧險象，是很自然的動機。

場景轉換到歐陸時，騎士成了一個社會的位階，同時也是榮譽，通常從上層社會的男性之間挑選，由國王或一名主教冊封。惟在亞瑟故事裡，經常會由另一有名的騎士冊立，一經冊封為騎士，不管出身門第，自動屬於貴族階層，譬如亞瑟在大婚之日，把牧牛郎之子托里封作騎士，他便馬上脫離牧人階級，可以在宮廷自由出入，其實他真正的身分是培里諾國王的私生子，具有貴族的血脈，但若沒有受到亞瑟的冊封，他真實的身世可能永遠被埋沒。

在亞瑟朝中活動的騎士，最少有兩種，其一是一般的騎士，有由亞瑟冊立，也有由別的國君或騎士冊立而加入亞瑟宮中服務。另一種騎士為在宮裡騎士中再行挑選，由亞瑟親自冊封加入菁英團隊，且有數目限制，名之為圓桌騎士；每人在圓桌前都有一指定座席，在任一時段，宮廷內外，最多只有一百五十名的圓桌騎士。

以亞瑟王近親的姨甥高威為例，雖然出身皇族，也要一步一步來，先要在亞瑟婚禮大典後立為騎士，可見此時騎士的頭銜，比王孫貴族的身分更受重視。這是當時官場上必備的榮耀，有了這資格，他人不論位階在稱呼時，都禮貌上對之稱作「騎士閣下」(Sir knight)，代表了尊榮。

騎士守則

成為一般騎士之前，還需要有一段見習期，稱為見習騎士。高威的弟弟高希利斯伴隨新任騎士的兄長去追尋白鹿時，他的身分就是見習騎士。然而不見得每名騎士都有一隨從的見習騎士，那是要有正式騎士願意接納，而另一人也願意跟隨前者才會有此安排；無論如何，在成為正式騎士之前，見習騎士為必經階段。在過程中他需要經常小心謹慎，提醒自己的主子一些注意事項和某些原則。

此中大道理的原則，緣於高威沒有憐憫之心，以致錯殺一名貴婦，亞瑟便要求宮中所有騎士，務必不可謀害人命，背離信義，要憐憫求助求饒之人，不然便會被亞瑟取消爵位，對女性和寡婦，更要援助和保障她們的權益，如有威逼的情形，便要受死刑之罰，算是非常嚴

厲的罰則。另外，

> 任何人〔騎士〕不得為了不義的爭吵而開戰，這些情況包括得不到愛情或得不到世間的財物。對於以上的誡命，所有圓桌騎士，不管年長的和年輕的，都宣示遵守，而且每年在聖神降臨的大節日盛會中他們都要重行宣誓一次。（引自頁211）

這些規定和信條，不外就是名譽和誠信。有次摩根勒菲精心策劃了一奸計陷害亞瑟。她安排了亞瑟和高盧之艾卡倫 (Accalon) 在各不知情下分別替兩名親兄弟的騎士作代理人戰鬥。暗地裡摩根勒菲把艾斯卡理伯和劍鞘送到艾卡倫手上，而叫一名少女把調包後的劍和劍鞘交到亞瑟手中。

在激戰之下，雙方都受到重創，特別是亞瑟血流如注，但對方因為有艾斯卡理伯劍鞘護身，沒有流什麼血，而且揮劍凌厲無比，到亞瑟手上的劍只剩下劍柄時，艾卡倫叫亞瑟投降，亞瑟堅決地說：「我發過誓，

答應在這場戰役中，只要一息尚存，就要竭盡己力，故此，我寧願光榮戰死也不要在恥辱中存活。」（引自頁228）

亞瑟只剩下盾牌抵住壓力，快要倒地，在千鈞一髮之際，稍早前進場把梅林困在石洞裡的湖中少女就出手，因為她喜愛亞瑟，便用魔法使艾卡倫手上的艾斯卡理伯寶劍掉到地上，亞瑟趁機跳過去撿起寶劍，確認那是真正的艾斯卡理伯，而自己所配掛的劍鞘是假的，於是他衝到艾卡倫那邊，抽出後者身上的劍鞘，把它丟得老遠，然後開始攻打對方，又把他拉倒地上，打他的頭，使艾卡倫耳、鼻、嘴都淌血，並一邊說要殺掉對方。此時，艾卡倫說了：「我可是答應了……在這場戰役中要盡我所能，不可畏縮，只要我一息尚存，所以我嘴巴一定不會向你求饒……」（引自頁229）他說的是有榮譽感騎士會說的話。

艾卡倫臨危時所說的，和亞瑟被艾斯卡理伯攻打至性命攸關時所說的同出一轍。因為他們兩人事前答應過委託人，要竭盡所能，用他們騎士的名譽和人格保證，不能食言，即使他們深知這種應諾可能犧牲自己性命。

在比鬥失敗時求饒是常有的事，勝者要憐恤求饒的人也是亞瑟所訂下的公約；何況在這次的比鬥，還不是二人自行發動，而是替不認識的人而戰，純粹基於義氣和幫助他們所相信的弱小。在亞瑟問艾卡倫來自何方時，彼此才知道本是同路人，都是亞瑟宮中的騎士，才清楚他們都中了摩根勒菲的魔法。幾天後艾卡倫傷重斃命，而亞瑟後來痊癒了。最終命運雖然不一，但兩人都守住了騎士為義而戰，不屈不撓，用性命換取誠信和名譽，而且維護了當地和平。

表面上名譽很抽象，但騎士都知道，貫徹維護這念頭，做法可以很具體，譬如公平對等地執行任務，不取巧，不欺暗室，不奸詐，正直為人而不佔他人便宜的作風等都屬之。對照摩根勒菲的作為，正好是這特性的反面例子。

高威 vs 馬豪斯

前面提過高威剛出道未久，無論心智和氣度都尚有不足，所以錯殺一名城堡夫人而為亞瑟朝中許多人所詬病。在另一個外出歷奇的場合，因為他力挺一名受到亞瑟懷疑的表兄弟宇威 (Ywain)，因而離開卡密諾，在外闖蕩途中遇上馬豪斯 (Marhaus)，遂互相比鬥。此時高威已是亞瑟的騎士，而馬豪斯不是，在纏鬥之下，馬豪斯充分發揮騎士風範，成了高威的正面教材。

馬豪斯在比武打敗宇威之後，又再接受高威的挑戰，把後者連人帶馬打倒地上。高威要求第一輪戰勝者的馬豪斯下馬和他比鬥，馬豪斯欣然同意，並說：「你讓我學會禮數，的確一個騎士坐在馬背上和另一人徒步比武是不光彩的。」（引自頁 242～243）於是兩人續鬥，頭盔和鎖子甲都互有破損，兩人都受傷不輕，從早上到正午，高威力量增加三倍，雖用狠招，卻沒有把馬豪斯打敗。中午過後，高威力量減弱，接近晚禱時，高威已顯得不濟事了。馬豪斯竟主動說不要再傷害高威，兩人解下頭盔，馬豪斯並邀請高威等當晚在他的莊園夜宿接受款待，又共同發誓兩人保有手足之情，高威也欣然同意。

其實，在亞瑟傳奇中，共有六人，包括藍撒洛、崔斯坦、博爾斯 (Bors)、帕斯瓦、裴里安斯 (Pelleas) 和馬豪斯，都是可以打敗制伏高威的騎士。在前述場景中，馬豪斯和宇威及高威比武是二連勝，對方以矛槍折斷，人和馬都落地，但他仍手執矛槍坐在馬背上，惟經落於下風的高威提醒後，他立刻下馬和後者作徒步戰鬥，不佔任何便宜趁機急速打垮對手，既表示他給予對手尊重，也表示他要和敗者在相同的立足點再測試對方，只因落敗者堅持再鬥。

其次，在劍擊時，事實上馬豪斯已再贏得此局，但他無意殺害高威，還提醒後者說對方已有氣無力，然後在高威承認的確如此時，他再脫下頭盔，停止攻打，並和落敗的高威和解。這一連串的動作，無疑是識英雄重英雄的高貴舉措。

高威一開頭便報上名號說是從亞瑟宮裡出來，馬豪斯可能基於對亞瑟的敬重，沒有對初生之犢施以薄懲，還處處讓著他，把他當作同儕看待，是用禮遇式 (courtesy) 打法來和高威過招。最後不只沒有遷怒，還和落敗者交朋友，招待住宿，在在顯示他的慷慨不念舊惡，他的真誠、慷慨、對名譽的重視，都是亞瑟朝中正直騎士引以為豪的特色。高威心高氣浮的模樣破壞了亞瑟的形象，不過馬豪斯的榜樣正好補上高威的不足，成了後者在宮外歷奇時很好的教育機會，或許可說是高威的在職教育，學習做一名好騎士。另一方面，經過了一年的遊歷闖蕩，馬豪斯和宇威及高威會合，一同到卡密諾去，並在聖神降臨的慶節中受封成為圓桌騎士。

高威 vs 宇威

宇威和高威會合之前曾和兩名騎士兄弟混戰開打。按理說兩人合戰另一人是不公平的打法，但宇威沒有拒絕，因為他要替一名貴婦保衛她的城堡而戰，他要落實保護弱者，特別是婦女。宇威雖然在被攻擊之下，傷得很重，但終於把其中一名騎士除掉，而那人另一名兄弟見此情形便投降求饒；本著高貴的人格，宇威接納了，饒那騎士不死。

對照高威先前不憐憫投降的騎士，致誤殺他的夫人，宇威在人格和性情上成熟多了，而他不避險阻危殆，一人鬥二名凶狠的騎士，擦亮亞瑟騎士講究榮譽的金漆招牌，宇威名氣雖然不如高威，但在寬容和發揮騎士精神方面，卻勝過後者。

同段歷奇中，高威聲稱要替裴里安斯爵士爭取贏得他愛人的芳心，本來出於好意，但過程中，他成了橫刀奪愛之人，使裴里安斯沮喪到準備自我了結，幸被湖中少女救回一命，但高威的虛情假意成了破壞他人好事的第三者，完全違背騎士的諾言。因此後來在亞瑟宮裡比武時，裴里安斯都對高威毫不客氣，不理會後者。

另外亞瑟委以重責要高威連同博爾斯、黎安尼 (Lyonel) 和貝德威 (Bedivere) 等爵士到羅馬國王盧順斯 (Lucius) 處，要求羅馬軍隊從亞瑟王在歐陸的疆土上撤軍時，在言詞爭論中，高威竟然抽出配劍，當場砍殺羅馬國王的表親，然後一眾人掉頭便跑，高威的表現，勇氣有之，但衝動意氣用事反而壞了正事。

高威 vs 藍撒洛

在別的傳奇故事裡，高威往往是一名令人嘆服的騎士，對女性尤其溫文好禮，甚得淑女的人緣，其中最能把他形象美化的莫過於英文本的《高威爵士與綠騎士》(*Sir Gawain and the Green Knight*)，不過，在馬羅里的《亞瑟王之死》裡，高威人性面的弱點表露無遺，然而他的志氣和勇氣，同樣也令人刮目相看。

和高威差不多時期另有一騎士，名叫藍撒洛，本來是其他國境內的少年公爵，新近加入亞瑟的圓桌騎士團，在這次和羅馬軍團對壘之役，親自率領二萬大軍上陣。為了應付提前的大規模戰役，藍撒洛承亞瑟之命，統率一萬名同僚，押解大批人質騎士到巴黎去監禁，不想前頭森林裡有六萬名羅馬兵埋伏等候，所有可以上陣的騎士都要出戰，藍撒洛和副手卡鐸爾 (Cador) 便臨時冊封受到賞識的下屬做騎士，然後告訴他們小心看管押解的高貴人質，不必上戰場，也不要理會藍撒洛等遭受到何種攻擊，新騎士的任務是：

> 一定要留住他們〔人質〕的性命和你們自己的性命，這是我們給你們的軍令，猶如你們向我們的君主那裡領命一樣，此外，也不管看見我們在戰役上抵受何種攻擊和衝撞，「一定要站穩立場不要輕舉妄動走出來。」（引自頁 295）

藍撒洛的訓令簡短決斷，已把騎士所堅守的基本條件說清楚了。首先是聽命，不管是軍事場合或承平之時都管用，聽命服從就表示要維持團體紀律，另一方面，當事人需要有自律的能力，絕對不能魯莽行事。藍撒洛訓示無論前線騎士如何情況危急，後方守護人質的騎士不能有個人想法，貿然丟下人質上陣支援。況且這些新封騎士，戰鬥經驗不足，反而會成為牽累，不是容易被殺傷，便是成了敵手的人質，不只得不償失，更是敗事有餘。

此外，在說話時，藍撒洛已是亞瑟封立的圓桌騎士的一員，他對部屬說話，要他們謹記，所接受的軍令，猶如從亞瑟那裡接獲指令那樣，也等於說，他們不單有藍撒洛部隊小我的意識，也要有亞瑟軍團大我的意識。

對剛升格為騎士，毫無大格局經驗的武士，藍撒洛已讓他們瞭解騎士都需要有紀律和自律的能力，缺乏判斷力時則要聽從上級的命令，任何動作都要以大局為重，新的封號不是官階而已，還是一種榮譽，而且是亞瑟王朝的榮譽，隱藏在後面還有另一項特徵，就是「謙虛」。這是個人英雄主義的反面，也是最好的助力。

一般自以為是的戰士，都會覺得上陣殺敵是光彩，也能彰顯自己能力的事，但大規模事件需要分工合作是無庸置疑的，留在後方支援的人，不見得不重要，也不見得貢獻更少，每個人的資質能耐各有不同，縱然訓練已足，武藝高強，但由主將安排守在後方也可以發揮很大的戰術效果。其實謙虛和聽命服從是一體兩面的美德，況且，大軍所押解的騎士，很多都是大有來頭，為了慎重以及對俘虜的尊重，由同等地位的騎士坐鎮堅守，也是很得體的事。

這批新封的騎士雖然沒機會去上陣立下戰功，但無損他們新的頭銜，而且，對其他同儕來說，在謙虛留守之時，也讓前方卻敵的騎士安心打仗。藍撒洛的安排，正好提供給新封的騎士一個養成教育的情景，同時凸顯高威過於個人色彩行事作風的不足取，也間接襯托出藍撒洛的睿智沉穩。

騎士平常忙什麼？

不管是亞瑟的騎士或其他騎士，經常需要替國王效勞，除了打仗之外，替國王管理轄區的治安、保護民眾的財產以及安全，防止外患和對付不肖人員的欺凌都是分內工作，更有替國王出使或銜命去宣示政策的任務。

如前述高威去送交口訊給羅馬國王盧順斯，便是一種出使的重任。

在本質上，和先代的武夫或武士相比較，這時的騎士，在行為上納入了一些基督宗教修道院的精神，就是團體紀律和自律的實踐，因此，個人衝動的行為是絕不容許的，團體的名譽遠大於個人的名譽；個人英雄主義如果牴觸群體的信譽是會被譴責的，國家交付的使命比個體宣洩情緒重要得多了。高威強悍但缺少謀略，成了反面教材，在憤怒之下，騎士不該嘗試的做法加上思慮不周，會造成隨後接應騎士凶險噩運，在大夥沒有準備好之時開戰，便冒上不必要的生命安全隱憂。騎士應該要更瀟灑自在，所作所為應令人敬佩才是。

前述幾位亞瑟騎士，清楚地刻劃出騎士之軍事和政治職務，在亞瑟旨意之下，幫忙治理王國，又經常以維護正義之名以及騎士團的名譽，採取激烈的行動或參與戰爭，即使在閒暇的時候，他們的生活方式仍然充斥武力的行動，而且樂此不疲。包括騎在馬背上手提矛槍的撞擊比賽，他們不只用這方式展示個人武功和馬術的造詣，也把握在不參戰中贏得榮譽的大好機會，同時，借用參賽來鍛鍊體格和膽識，不使武藝荒廢，一舉數得。這種情況和節目，相當於現代軍隊在沒有戰爭時安排軍事演習同一道理。

外出歷奇的功能

除了在實務上達成軍事和政治的任務外，騎士還會參與那個年代的社會事務。在亞瑟朝中常有不少停留駐鎮的騎士，但也有相當數目的騎士進進出出和來來去去，有些人離宮時亞瑟甚至皇后關妮薇會感到難過，有些獲准離去時僅獲得祝福，他們的留或離並沒有一定規律，也沒有特別要求，然而部分騎士，特別是亞瑟鍾愛賞識的人，時而會受邀參加皇室的打獵出遊。

遊獵是費時耗資貴族式的娛樂，在亞瑟以至於整個中古時代，森林裡的野獸和樹木都屬國王所有，沒有特准他人不能隨意狩獵，除非是封地的領主在自家的森林打獵。故此，陪伴亞瑟王打獵既是社交行為，也是一種榮耀，大多數的騎士都不會拒絕參加，除非另有特別要務，譬如藍撒洛有一趟為了隱藏身分去參加別的比武競賽，不想其他騎士知道他的去向，又有另一回為了可以私會關妮薇，遂不追隨亞瑟去遊獵。

至於單獨或結伴出外遊歷的騎士，回到卡密諾時，亞瑟通常都要他們發誓，把遊歷的經過，尤其是怪異的見聞真實地回報。一方面朝中眾人都樂於聽聞奇特的事件，另方面騎士的敘述也有採風問俗的作用。亞瑟雖然沒有親自見證，但聆聽報告儼然有秀才不出門，能知天下事的潛能；在沒有刻意設計之下，歷奇歸來的騎士，不只完成闖蕩江湖自我成長的願望，也達成宣揚亞瑟國威的效果。

此外，亞瑟透過騎士的經歷報告，馬上便掌握各地的輿情、狀況和地方人物的臧否，雖然亞瑟每每會強調殊異的部分，而非協調和諧的事實。簡單地說，騎士大大小小的報告和故事敘述，就成了不需要按照法令規範體例去書寫的社會調查報告。也因此，在大節日慶節時，亞瑟每每要聽到一件趣聞或異事才開始進食，譬如在〈奧克尼之高瑞斯爵士的故事〉開始時的聖神降臨節慶節（參前書頁 367～368）便是。

表面上亞瑟喜歡聽怪異玄妙的軼聞，其實他的嗜好另有深意，他希望宮中往來的騎士，都有關注社會狀況和瞭解民瘼撫卹世情的作風。這一點，不是用法條，而是用鼓勵報告遊歷和歷險的故事各自發揮，使亞瑟的卡密諾成了容納最多玄妙奧祕和不可思議事蹟的集散地。

騎士社交課

對長期外出遊歷的騎士，亞瑟往往要求他們在聖神降臨節時回宮述職並報告經歷。通常這時會有多名核心人物返宮，又因為是大節日，常常會安排競武的比賽，而且會預先通傳各地，參加的人雖然只限於正式封立的騎士，旁觀的人則沒有限制。故此，認識的騎士既可敘舊又可交誼，不認識的騎士則找機會大顯身手，也趁機會結交新的友誼，這種場合還會讓騎士和淑女醞釀出深度友情，綻放火花。

就上述情形而言，騎士參與的遊獵和比賽競藝，有娛樂也有社交的功能，在硬性的軍事和政治職責之外，騎士們也不自覺地投身在軟性的社會節令和社交的活動上，卻不需要靦腆而為，可以在輕鬆自在的氣氛中完成任務，即使受到嘲諷時，也可以保持神色自若。譬如被關在亞瑟監牢裡的窮酸騎士，也可以毫不畏縮地在眾人都失敗時，挺身出來又輕易地把湖中少女帶來的劍抽出劍鞘。他不必上陣打仗，但憑他的本性特質，化解了亞瑟宮中一個尷尬的場面：在沒有寶劍所認許的優秀騎士現身時，受到忽略的巴林挽回了亞瑟朝廷的面子，把亞瑟可能受損的名譽，消弭於無形，保存朝廷的社會形象和光彩。雖然巴林馬上招致妒忌，但那不外說明許多騎士不過是虛有其表，且虛榮心甚重而已，就像當年阻擋亞瑟即位一樣蠻橫的惡勢力。

聖爵任務

在任務上騎士有軍事、政治和社會活動等方面的分攤，不過在類型上則有一小部分的騎士與眾不同，他們和其他同儕大致做類同的事，惟在品行才情上卻至為特出，甚至可說極具異稟。這些小眾都屬菁英的圓桌騎士，只不過在道德和靈性上，遠遠超過他們的同儕。

圓桌騎士後期的歷奇中有聖爵的尋覓，但全員中只有三人有幸探尋且看到聖爵，這三人就是帕斯瓦、博爾斯和嘉拿赫德，後者在亞瑟故事中相當後期才出現，因為他是藍撒洛的兒子，成長需要一定的年月。他們三人的本性均為天真無邪、道德高超、生活偏重在精神和靈性方面，因此可視之為亞瑟騎士團中的靈性型。也因為他們的言行特色，除了不時帶來令人驚奇的事件外，也替傳奇故事本身注入宗教的層面，在玄奧氣氛之外，加入一些超拔的關懷重心。

大部分的中古傳奇都認定亞瑟團隊中如上的三名聖爵騎士，不過馬羅里版本的《亞瑟王之死》中，卻列出裴里安斯為第四名覓得聖爵的騎士（參前書頁 264），可是過程卻沒有細表，和前面三名聖爵騎士的經歷截然有別。

與羅馬國王盧順斯之戰

太平盛世平安過活是一般人民基本的願望，也是君王的理想治世模式，但若碰到外侮或外敵入侵，抵禦而至開戰便成了君主無可避免的責任。然而若能用外交或其他方法消弭戰爭來保障安寧，那是上策。優良的國君不是贏得多少次戰爭，而是能夠護衛全國軍民安居樂業，免受外敵欺凌，惟在交涉背後還是需要實力，尤其軍武的實力，或需取得友軍盟友的聲援，使談判不致敷衍落空。戰爭僅是萬不得已的手段，不應是目的。

西方文化因為注重英雄主義，以及強調個人的權益和榮耀，在堅持中，容易引起衝突。故此在平和的解決辦法沒有出現前，可能產生大小不一的衝撞甚至戰爭。在亞瑟初始接任王位時，因為有多名爵卿對該位置覬覦，造成拖延多時的內戰，成了考驗亞瑟指揮的能耐和人性化判斷是非的潛力，因著這些表現，他贏得朝中爵卿的忠誠服務和信賴，奠定他成為眾騎士之首的地位。

在內戰之後不久，接踵而來的是一場硬戰。羅馬國王派員敦促亞瑟納貢，稱此事自亞瑟祖先時已開始。的確，歷史上羅馬名將凱撒 (Julius Caesar) 在高盧戰爭時，於西元前 55 年曾登陸英格蘭，但沒有特別的戰功，次年再領大軍進攻直達泰晤士河河谷地，並奠下軍事基礎，使羅馬國王克勞迪厄斯 (Claudius) 在西元 43 年征服不列顛。在本傳奇裡，也是基於如此背景，盧順斯要求那時的不列顛王亞瑟向宗主國羅馬進貢納稅。

心氣高傲的亞瑟經與其他爵卿和騎士商議後，決定不納貢，反要羅馬國王讓位，並稱他會率兵和盧順斯對壘，而他御前的騎士眾卿均誓言，將各領重兵參加抗爭。雙方在歐陸駐兵紮營準備開打，亞瑟當即派出博爾斯、黎安尼和高威等到盧順斯營帳處要求他們撤軍，尤其不可侵佔亞瑟在歐陸的疆域。在言談間高威出劍斬殺了羅馬一名貴族騎士，大戰便一發不可收拾。

參戰原動力

這是一場激烈慘重的戰爭，在其他傳奇裡並沒有提到這場戰役。此戰除了是對外戰爭，還是亞瑟受到外部沖激和挑釁，他必須保家衛國而非霸凌他國，更因此喚起所部屬騎士的榮譽感，共抗外侮。

亞瑟在此役中，首度與羅馬勤王之師撒拉遜人交手，也和其他野蠻部隊如巨人隊開戰。從這一點看來，亞瑟不是和別的基督宗教王國開戰，而是和幫助羅馬卻被視為非基督宗教的國家打仗；於亞瑟陣營內部，因為文化和宗教的殊異，更易於爭取到敵愾同仇的氣勢，如果下手重了些，也不會令人感到可恥。

與此同時，卡鐸爾、藍撒洛和博爾斯押解人質，面對森林裡埋伏六萬名敵軍時，博爾斯就慷慨激昂地說：

> 就讓我們重新攻擊他們，掙來的榮耀將會是我們的，也好讓吾王永遠尊敬我們，在我們有生之年可獲頒爵卿名分和田土封地。哪一個只是假裝戰鬥的話，就教魔鬼收取他的骨頭！（引自頁294）

騎士所爭取的，不外是輝煌戰果和榮耀，務求獲得主帥亞瑟的賞識敬重，其次就是打贏了便可獲賜贈名銜和封地，這是就一般的情形而言。但博爾斯和藍撒洛本身並非不列顛人，是外籍兵團。此外，他們兩人和好些親屬的團員在自己國內都是領主或為君主，亞瑟所賜的封地，誘因不大，但他們願意加入亞瑟朝中做騎士，向亞瑟效忠，最主要原因就是爭取榮譽，因為那時各地方有頭有臉的人都以成為圓桌一員為榮；外國騎士更以證明自己能力不下於不列顛騎士為目標，為亞瑟賣命，不惜血戰就是最佳的行動證明。

博爾斯的措詞，不只是在激勵他的同儕殺敵不要手軟，也有向亞瑟（雖然不在現場）交心的意味，更表示全團的外籍騎士和兵眾忠誠的宣示，為的是要贏得亞瑟對他們眾人的尊敬，也是騎士無上的光彩。忠誠和尊敬是騎士最在意的精神價值，打仗卻敵，不管廝殺如何慘烈甚至犧牲，也只是手段而已。

騎士君王有情有義

上戰場本來就不必要顧慮仁慈，作為主帥，亞瑟在與羅馬軍對抗時除了身先士卒，也果敢地在沙場上找到羅馬國王盧順斯，雖然他被對方劍傷，但終於奮力向對方頭盔上一砍，結束了盧順斯的生命。然而作為一名騎士，在戰後卻需要在這方面多所斟酌，因為騎士不是武士的代名詞，騎士亦有仁義在。

戰役告一段落時，亞瑟找了幾名男爵，抬起羅馬皇帝屍首，給予君王之禮的待遇，其他羅馬盟邦國王的遺體，也給予類同的榮耀，至於羅馬的參議員以及長老們都各如其分，獲得合適的安置，他們的棺木放在裝飾漂亮的箱子裡，上面掛上各人原來的旗幟，使他人可以看出遺體所屬的國家為何，不失死者的身分，可說是極備哀榮。

亞瑟下令把裝載好的敵方戰死騎士和國王，用馬拉戰車送還給羅馬統治者，並要使者傳話說那些就是他的貢品，還要對方永不得要求亞瑟納貢或繳稅。他的做法一方面兼顧了禮節，給予對方為國捐軀之士該有的追悼榮耀，另一方面又軟中帶硬，以示威回應。畢竟把敵方遺體送還是仁慈的行為，因為亞瑟沒有外加要求或要脅。用這方式來止戰也算是睿智之舉。

另外，對生還者他也施恩，豁然大度不再加害。在羅瑞蘭和隆巴第領主被俘虜後，繼續另一攻城之戰，民眾飽受痛苦，城堡裡的公爵夫人和女士們出降，懇請亞瑟拯救她們。亞瑟當即下馬對公爵夫人說，沒有人可以薄待她，並稱：

> 如今我給你這個特許，寬免你也給你主要的貞女們，包括你的孩子們和你內室的主要男眷，只要他們都歸屬於你的都獲赦免……然而你還是要活著過日子，就按照你的身分地位來過活吧。（引自頁 321）

這是很漂亮的納降對話，首先，亞瑟下馬，揭起他的面罩，用真面目向跪在地上的公爵夫人跪下，以示平等及對女性的尊重，他的言語都是安撫而不是威逼，並用慈悲有遠見又務實的做法安排夫人的去向，基本上就是人身安全和經濟保障。城主公爵則由亞瑟親信騎士押到英格蘭的多佛市，然後再去掌理全境各地。

攻城之後，理論上全城已歸屬亞瑟所有，但此時的亞瑟體恤女堡主，並沒有把她所有財產沒收，留下一份符合她身分地位過活的田地，但治權卻需要改變，由亞瑟指派監軍執行，一名騎士作為他的代理人，亞瑟則成了新的領主，不單如此，亞瑟又按照自己最喜歡的原則制定兩地的法律，完成新的統治模式。

以這兩個城堡和屬地為例，充分表現出這場戰爭開啟了亞瑟生涯另一起點。他的思維、睿智、判斷和人情世故，把軍事、政治、社會、經濟和法律等領域融會，來推動每天所遇到的情況。同時也把性別差異和本質考慮在內，所表現出來的不只是一名將領而已，也有政治家的遠見胸襟，而且落實在百姓的生活上，在形式上訂下了封建制度的規模，以及階級從屬對維持安定社會的肯定，有些形式他會堅持，譬如加冕；有些儀式他可以簡化，譬如納降一事。攻城掠地只是手段，但背後他有一個具說服力的理由。

何以稱霸歐洲？

戰爭結束後，亞瑟的僚屬沒有再開口要求分封頒爵，只希望安全返回家園，亞瑟很清楚他們懇切之情，也難以拒絕合情合理的訴求。故此，他很爽快地說：「適可而止猶如一場慶節之令人歡欣，再測試天主就太過分了，我不認為是明智之舉，就這樣吧，大家整裝備發，我等就往英格蘭打道回府吧。」（引自頁 325）此回應無疑是善體人意，又知天命。

這時亞瑟已由教宗手中接受頂戴被立為皇帝，取代了羅馬國王，他的王國從羅馬橫跨到法蘭西而至英格蘭，所有騎士都已論功行賞。藍撒洛和博爾斯除了繼承他們父王的王國，其所掌握託管的疆域也都納入了他們轄區的版圖，此外亞瑟還是叮嚀眾騎士要以法理管轄國土、保障人身安全和維持正義，也安排各人有足夠的旅費回到圓桌宮廷去。

如此一來，亞瑟的治權真正遍及全歐，而其個人的騎士風格和寬容氣度，塑造了圓桌騎士團確切的核心精神，成為文化特徵和價值，正義和情義不是口號，而是守則，清楚襯托出他比其他僅為建立個人霸業的領主或國王優勝的地方。

其實在這一場大規模的戰事中，主角不是亞瑟，雖然他是主帥。傳奇裡大大小小的故事和插曲，成就了許多名圓桌騎士和側翼分子，其中多人日後加入了圓桌的團隊。整體而言，這些騎士的行動形成了亞瑟在情義方面獨特的論述。當中有兩個重要題材，也就是身分和家世背景，前者是個人所建構的名聲，後者是出身門第以及父祖餘蔭的文化財，譬如藍撒洛、博爾斯、黎安尼和高威等都是。

除了已知的身分地位外，亞瑟對有潛力的壯士或年輕人不次拔擢，如牧牛郎之子托爾（Tor，又名托里）、窮酸騎士巴林和裴里安斯等，這些不同背景出身的人合起來發揮了不同的力量，鞏固了卡密諾的形象，建立起亞瑟知人善任和傑出的統御能力，輔助他把反對勢力和敵對聲量壓下去，促使他提升到眾所認同的偉大位階。

對於家世和身分在封建社會中的重要性，亞瑟看得很明白，因此不單只戰俘，連敵方遺體，他也重視他們的階級別和在世時的聲譽，給予符合禮數的處理方式。盧順斯雖然挑起了戰爭的惡夢，卻促成亞瑟完成更大的綏靖力量，擴張了後者法統的規模，使不列顛之名不侷限於英格蘭島上。羅馬打壓的初衷，反使亞瑟更壯大，名聞遐邇。

藍撒洛的出場

在這部傳奇裡，藍撒洛的出現並不是直線型的從頭開始敘述，而是跳躍式的介紹。最初在亞瑟新上任，還有梅林輔佐時，梅林便向藍撒洛的母親預告，日後她的兒子將大有出息，替他的父王打敗欺凌他們國土的惡鄰克羅達斯王。以這訊息估算，藍撒洛應比亞瑟王最少年輕十餘歲。故事再次提到藍撒洛之時，已是他參加對羅馬的征戰中，也等於說是三十餘年之後。

藍撒洛初來乍到，在傳奇裡著墨不多，但在整個征戰插曲中，他和亞瑟的親人高威在言行上構成強烈的對比。高威冒失脾氣又壞，藍撒洛卻能當機立斷、冷靜、

撲克牌上的藍撒洛　梅花J的代表人物即藍撒洛，特色為手持長矛，帽上會加羽毛或葉子。

慎思明辨，武功一流，並且不爭功，該讓他表弟博爾斯說話時便讓他發言，自己從旁協助，但在沙場上則勇往直前，沒有退縮的餘地；至於他的出身，更是不下於高威，從他父親班王時代已支援亞瑟，可說和亞瑟已有兩代的交情。

藍撒洛這一號人物最先出現在敘事傳統裡，應要算是在特洛瓦之克里田（Chrétien de Troyes，1135?～1191? 年）的傳奇《艾力和伊尼德》（*Erec et Enide*，1170 年，參本書頁 236）裡，雖然不是該故事的主角，卻佔一定的重要地位。在克里田的系列裡，他扮演主角時，是在後出的傳奇《藍撒洛，囚車的騎士》（*Lancelot, le Chevalier de la charrette*，參本書頁 238）。在此故事，克里田給藍撒洛貼上一個名號，就是「湖上之藍撒洛」(Lancelot du Lac)；馬羅里在《亞瑟王之死》裡，原封不動地錄用，構詞則半法語半英語，成了 Sir Launcelot du Lake。至於在克里田的法語傳奇裡，藍撒洛和關妮薇後來的戀情發展，馬羅里的版本基本上是緊隨其後，然而在別的早期版本，如中古德語的《藍撒洛》（*Lanzelet*，約 1194 年）則沒有二人不倫戀的部分。

皇后青睞有加

開始以藍撒洛為主體的故事中，敘事的節奏相當明快。伴同其他圓桌騎士在大戰之後回到英格蘭，在許多比武和戰鬥場合，藍撒洛都技高一籌，從不失手，他的聲望和榮譽迅速飆升，皇后關妮薇對他的喜愛，遠超過其他騎士之上，而他對皇后的愛慕也超出對別的貴婦淑女之情，大體上已建立起兩情相悅的關係。

這時亞瑟已不只是不列顛的國王，因著他被教宗加冕（剛出道時是由坎特貝里主教加冕），就是全歐洲基督宗教文明的皇帝，關妮薇雖然沒有伴隨亞瑟在羅馬，身分已經水漲船高，是新帝國的皇后。藍撒洛在軍中輝煌的戰功及神勇，她早有所聞，如今在她眼前的種種英勇行為和傑出行徑，更使她偏愛藍撒洛。

從藍撒洛渡海受封為圓桌騎士到在宮中遊玩過活的時日有多久，敘述者沒有細說，但在他即將出外遊歷卻在途中睡覺事件中自言自語地說：「過去七年來，我從未有過像現在這樣渴睡。」（引自頁328）

追隨亞瑟和對關妮薇討好仰慕七年後，藍撒洛希望單獨在歷奇探險中證明自己，便約好表親黎安尼爵士到外邊闖蕩。此插曲實為在《亞瑟王之死》中首次以藍撒洛做文章敘述的中心人物，也等於說前面關於他的報導都是序曲，不過此刻的藍撒洛已是名滿天下的青年才俊。藍撒洛和黎安尼雖然全副武裝，但畢竟人丁單薄，路上互相照應仍需戰戰兢兢，然而就在走過一座森林後，藍撒洛非常睏倦，便躺在樹蔭下打盹，睡了一場七年來最想要的小睡，留下功夫還未完全成熟的侍從騎士表弟在旁守著。奇怪的事便由這裡開始。

眾人希望之星

整部亞瑟傳奇，有許多人情世故和撼人心脾的插曲，還有許多怪異珍奇和惑人眩目的事件，然而不管事出有因或無因，在敘事邏輯的引導下，都以泰然自若方式描述，再怪誕的情節，都像尋常見聞那樣進行。

就在黎安尼陪伴著藍撒洛半瞌睡半醒著時，遠方急速衝來三名騎士被另一名騎士在後面追趕，在黎安尼訝異之時，後面的騎士已趕上來，兩三下招數，便很俐落地把三人打倒下馬，然後此人再把三名騎士綑綁，放在他們原來的馬背上。黎安尼這名初生之犢技癢，為了不想驚醒藍撒洛，便獨自牽來自己的馬匹要和那人較量，但他才上馬追上去不久，那人反身衝過來便把黎安尼連人帶馬打倒在地，然後他又下馬，照樣把黎安尼綁起來，放在自己馬背後面，往自己的城堡而去。

另一方面，海邊之艾克塔爵士 (Ector de Mares) 獲知藍撒洛離宮尋找歷奇，便裝束好離宮去找藍撒洛。路上遇到一個林務官員，指點他若要冒險歷奇，可到前方莊園附近一棵大樹，把掛著的黃銅臉盤敲三下，便會看到異象，但林務官員也警告他從未有騎士能夠安全通過那座森林。在驚奇之下，艾克塔便去敲打那臉盤，同時也看到很多面盾牌掛在樹上，包括黎安尼和許多他認得出來圓桌騎士的盾牌，表示這一干人等都已經被俘虜了。

沒多久，先前那名強壯騎士策馬而來，兩人矛槍比鬥幾乎勢均力敵，但艾克塔終於為對方所敗，被押解到城堡裡。在廳堂內，對方自稱塔奎恩 (Tarquyn)，並讚賞艾克塔是他十二年來碰到最強的對手，若艾克塔願意成為囚徒，便可饒他一命，不過艾克塔沒有屈從，於是他被解除武裝，裸著身體被有刺的鞭子毒打，再給丟到黑牢裡。此時，艾克塔看見了圓桌的騎士弟兄，也看見黎安尼，彼此交換訊息，才知道眾人的遭遇都一樣，他們只希望藍撒洛現身來解救他們。這個共同的想法是因為大家都公認藍撒洛是最優秀的騎士，應該能救人於難。

超人氣偶像養成

　　在眾騎士蒙難時，有四名皇后由四名騎士陪著，路過藍撒洛熟睡之處。其中一名皇后就是亞瑟的姊姊摩根勒菲，她使用魔法讓藍撒洛昏睡七個鐘頭，叫同行的騎士把藍撒洛抬到她的城堡裡，再來逼問他在四人中要挑選哪一位做他的情人。藍撒洛醒來時清楚地拒絕，寧願有尊嚴地被關死在牢獄裡，因為四人都是虛假的女巫師。藍撒洛的應對和艾克塔的應對都守住了騎士的尊嚴，寧死也不屈從不公義的事，恰如其分地忠於倫理道德的原則，特別是面對邪魔外道時。

雖然這時藍撒洛不至於被關在牢裡，但也形同被軟禁。後來給他送餐的少女說出可以助他脫困，條件是他要幫她父親在比武競賽中出賽，藍撒洛瞭解詳情後便答應了。離開亞瑟宮廷後的藍撒洛，無論好事或壞事都和女性扯上關係，事實上她們對他都有所求，有些對他來說是試探誘惑，有些則是在他需要時伸出援手。在出賽時，藍撒洛輕易把一批騎士撂倒，包括亞瑟的騎士，但因為他偽裝了，沒有人認出他來，競賽後藍撒洛恢復了少女父親騎士應有的榮譽，便別過堡主騎士，單騎去尋找黎安尼。

在路上藍撒洛遇到一名騎著白駒的少女，便問說郊野附近可有什麼奇遇。少女的出現好像是巧合，但卻在藍撒洛迷途中給他正確的指引，一方面滿足他歷奇的心願，另方面又若無其事帶他去找黎安尼，前提是辦完事後，藍撒洛要幫她和其他婦女解困，因為她們每天都被一虛假的騎士騷擾。

此一情況和前述少女襄助藍撒洛脫離摩根勒菲魔法控制同出一轍，藍撒洛在與少女們周旋時，通常都變得助己助人，除非是惡意要陷害他的女性。一般的女性在對話之間，都清楚他的能耐和性向、高貴和英勇的品德，說明他令人折服的原因。另一方面，也反映出社會上有不良的騎士，不只自私自利，也殘害忠良，還逼姦婦女，為了這些社會現象，亞瑟才訂下騎士的守則，藍撒洛是圓桌中最堅守戒律的一員。

英雄難過美人關

少女指引藍撒洛敲打銅盤之後良久，塔圭恩正在押解高威弟弟高希利斯從外地回來，經過一番拼命打鬥，藍撒洛殺了塔奎恩，並請高希利斯回到堡裡去釋放被囚的六十多名騎士，傳話給艾克塔和黎安尼要回到亞瑟處等候他，在聖神降臨節時他會自行回宮和眾人會合，不過被釋放後的亞瑟騎士都不願直接回宮，而要去找尋藍撒洛。

藍撒洛繼續他的歷奇行程；在路上，他碰到一名姦汙婦女的騎士便果決不費力地把那壞蛋殺掉，從此少女和附近的婦女都獲得安寧。地方上大患解除後，少女卻說了一段有趣的話，表示很多婦女都注意到藍撒洛這名單身貴族的做人行事，令許多女性為之心疼，她說：

> 外邊一直有流言說你愛上關妮薇皇后，而且她還施行了魔法令你除了她之外不會愛上別的女子，沒有任何一名少女或淑女會得到你的芳心，因此之故，在本國內有許多女士，無論身分高或低，都為此感到悲傷。（引自頁346）

在輕描淡寫之中，少女揭開藍撒洛的心扉，讓人一窺騎士情感世界隱密的一面，也表示他的情況早已為仕女們關心傳誦，確實是一名令淑女們仰慕願意結交的騎士。

嚴格地說，藍撒洛此時還未準備好他愛情生活的一面，所以才會出外尋奇歷險，對少女的問題，其實是宮裡宮外人們的觀察，他用四兩撥千斤的說詞答話：

> 要我成為有家室之人，我並無此意，因為一旦如此，我便要陪伴著她，放棄我的武功和賽事，出戰和尋找歷奇等事物，至於說找一名情人尋樂，我寧願推掉它：為了敬畏天主……出外歷奇涉險

的騎士不該犯姦淫或縱情色慾……（引自頁346）

此話既是外交辭令，也是實話，因為在他醉心於關妮薇身上時，他不可能成家，至於說騎士不該犯色戒，那是所有男性都適用。無論如何，在不經意中，敘事過程已點出了藍撒洛真正的難題不是參賽和武鬥，而是越來越煩心的情關和對人情世故和流言的反應。不過騎士職責的文事武功還是要費心應付。

隱藏版男主角

別過少女之後，藍撒洛真正單騎走天下，通過森林原野，露宿之處都是將陋就簡，在沒有碰上奇遇之前，那是十足的心志歷練。不過他馬上便在一道通往城堡之路的長橋前遇到不講理的粗漢攔阻，他把粗漢解決後便跟著對付迎面而來的兩名巨人，憑著本身的力氣和武功，他結束兩巨人性命，然後進到城堡裡的廳堂，解救了十名被關的淑女名媛，這些貴婦都是被囚禁做女紅手藝，僅謀得活命糧食不致成為餓莩。

此堡原來名為天道驕 (Tintagil)，是女主人伊格蕾所有，她和烏瑟．潘特拉岡結婚後，亞瑟就在此堡出生。雖然對藍撒洛來說，殺掉惡霸和巨人並非不可能的任務，但此番為女堡主解圍，拯救被囚的貴婦，不只是濟助婦孺，因為伊格蕾就是亞瑟的母親，也等於幫亞瑟安定被忽略了的後宮，有一定的象徵意義，因為此時亞瑟的卡密諾沒有兼顧到遠在康窩爾的天道驕城堡之安危，藍撒洛在此填補了亞瑟的職責。

其後藍撒洛又遇到三名騎士攻打一名逃跑的騎士，逃的人是亞瑟的義兄凱爵士，藍撒洛出面，擺平三名追殺者，要他們在聖神降臨節時到亞瑟宮裡，向關妮薇屈身降服。三名騎士和一名騎士打鬥，又不是在戰爭中的混戰，不成比例的擊鬥極不公平，正當的騎士會視為不齒之舉，藍撒洛一方面拯救落敗的凱爵士，同時也糾正不公義的騎士行為。

藍撒洛規定落敗的三名騎士要向關妮薇報到，成了亞瑟宮中首創的做法，讓亞瑟瞭解他的騎士在外面的光榮事蹟，同時更是對關妮薇的尊敬，把這些騎士臣服在她懿旨之下，後面幾名被收服的騎士也都按照藍撒洛的指令，到亞瑟宮中向關妮薇報到臣服，因此皇后在爵卿之間贏得了極大的面子，她也深知藍撒洛是向她表白愛意，為她掙來光榮。

以上插曲幾乎都是藍撒洛獨自應對難關，而且每一個難關都有少女或少婦出現，這些女性都容貌出眾，但藍撒洛均不為所動，一心一意完成他的騎士任務。天道驕堡的仕女們說她們被囚禁七年，等待高貴的騎士來救援；危險教堂的女巫也說她深深地愛上藍撒洛七年，但她知道除了關妮薇之外，沒有別的女子可以獲得藍撒洛的愛。

片言隻字中，表示皇后和藍撒洛之間，已有七年之久的愛意存在，只是尚未構成謠言緋聞，然而女性對這方面的訊息總來得較男性敏感，因此愛情的風聲就由她們來傳播。其實在這些過程中，藍撒洛已很技巧地處理了公平和正義以及紀律的課題，但在內心感情方面，他用正大光明的榮譽來構築他對皇后的仰望，而後者也深知個中玄妙，只是別人卻有不同的看法。

世界第一騎士

在藍撒洛故事的前段中，敘述的重點放在他為人和騎士風格瀟灑脫俗的描寫上，包括他對亞瑟忠耿、遇事公正、樂於助人，而且有一定的風趣幽默，在難題解決後，他不願居功也從不浮誇。至於他開始嶄露頭角，佔比較吃重的角色是在與羅馬之戰一役中，克盡騎士的天職並和卡鐸爾一樣首度冊封新的騎士，發揮完全的騎士功能，也就是不只殲敵也把握機會維護傳承。

在其他的作品裡，譬如在《頭韻詩亞瑟之死》(Alliterative *Morte Arthur*) 裡，只有卡鐸爾在此場合中冊封新秀，藍撒洛並沒有參與同樣的舉動。然而在馬羅里的敘述中，藍撒洛在各方面皆積極投身，他的戰鬥力，令不列顛人和羅馬人都嘆服，從頭到尾，無論怎樣艱危，絕不退縮，而在戰場外，即使受困或遭到魔法制服，他也堂堂正正地不屈不撓，保住尊嚴。他殺掉敵手只是手段，從不危及無辜，在歷險中他所殺的都是邪惡壞蛋，譬如攔路的粗漢巨人以及劫持婦女的奸惡騎士。在比武或沿途競技時打敗挑戰的一方，只要敗方求饒，他都不殺，但卻會要求對方到亞瑟處報告述明經過。

恥辱 (shame) 和榮譽成了藍撒洛行走歷險的座右銘，是對內也是對外的要求，避免恥辱，增加榮譽是他保持對亞瑟和對關妮薇同等分量效忠的宣示。這一趟外出尋奇，不只有散心作用，也建立他在同儕中獨自應付各種情況的成功紀錄，包括拒絕誘惑和誣陷。很多過程中的詳情都是由個別騎士返回卡密諾時向眾人和亞瑟道及，更增加令人欽佩之情，就如傳奇敘述者所說的：「就從那時開始，藍撒洛爵士獲得了當世騎士中最高的聲譽，不管男女老幼尊卑的大多數人都對他尊崇備至。」（引自頁 365）而且自此之後，他便取代了高威的聲譽成為宮中最佳的騎士。

表面上藍撒洛的行止已告一段落，然而，馬羅里的敘事路線並不是直線型，有時是平行型、有時是跳躍型、也有時是迂迴的。其實，在完成初始階段的建功立業之後，藍撒洛故事的發展看似停頓了，然而其續集是委由另一騎士去延續，大英雄的餘蔭和繼往開來的事蹟便落在奧克尼之高瑞斯 (Gareth) 爵士身上去執行。藍撒洛轉而退居到第二線，不過因為他獨具慧眼，而凱爵士則因為勢利而輕忽視之，所以藍撒洛決心支持高瑞斯，使之充分發揮潛力，無形中挑選了一個代理人繼續他的故事。

神祕青年：褒曼

事情的起因是在一個聖神降臨節之日，兩名帥氣衣著華麗的男子陪著一名身材碩大、相貌堂堂的青年，到亞瑟所在的城堡。這位青年要求亞瑟賜給他三個願望，第一個願望是請亞瑟給他十二個月的食宿供需，其餘的要求日後再提出。亞瑟很大方地應允了。

論相貌，青年人應屬出身名門望族，亞瑟便讓總管大臣凱爵士做適當的安排，不過凱卻把年輕人視為出身寒微，到宮裡只是揩油騙喝騙吃而已，遂放他在廚房當小廝，且給他一個綽號「褒曼」(Bewmaynes)，意思是美好的手，其實含有反諷的意味。高威和藍撒洛因此很生氣，二人不時給褒曼特別的接濟，尤其是藍撒洛。期間每當有比武賽事，褒曼都細心觀看。

一年後，有一名少女黎安納 (Lynet) 到宮裡來，訴說她姊姊是危險堡女堡主，正被一惡徒騎士所騷擾圍困，特來向亞瑟求援。高威向國王報告那名暴徒名叫紅草原之紅騎士，具有七人的力氣，高威在過招時也吃過虧，只能逃命。說話時褒曼現身，請求國王兌現他答應過的兩個願望。首先是他請求准予隨少女去對付惡徒，其次是在適當時機讓藍撒洛封他為騎士，亞瑟都照准。

不過少女馬上生氣認為亞瑟不應指派一名廚房小廝跟她去解決困厄。可是褒曼卻煞有介事，也不知從哪裡取來穿戴整套的戎裝到大廳向亞瑟、高威和藍撒洛辭行，他還央請藍撒洛隨後跟上，惟向來對褒曼輕視的凱決定要一挫年輕人的銳氣，便快速追出去要和褒曼比鬥。雖然身上只有佩劍，褒曼就用劍斬下了凱和他的馬匹，又取走了凱的矛槍和盾牌，繼續自己的行程；他打敗凱的鏡頭，都被少女和藍撒洛所瞧見，然而少女卻沒有說半句好話，全都是嫌棄和埋怨之詞。

沿途過關斬將，褒曼均一一克服，但少女總認為褒曼是僥倖獲勝，還嫌他髒，身上沾滿油汙味，是難成大器的小廝。在一次和藍撒洛比鬥測試身手後，褒曼便請求藍撒洛冊封他做騎士，完成他第二個願望，藍撒洛欣然同意，因為褒曼已自我證明他的能力和品德。在每次打敗對手時，討來的都是少女的嘲諷，不過他卻毫無怒言反識，只默默地承受冤屈，顯示對少女的尊敬和包容，這種氣度和對女性的殷勤，是騎士高貴品德的表現。

藍撒洛 2.0

其後褒曼繼續他的行程，藍撒洛已先行離開。褒曼單人匹馬帶著少女，時時保護著她，解決了路上各城堡的關卡，在比鬥中殺了黑騎士，又打敗綠騎士和最難纏的紅騎士，所有降服的騎士都被褒曼指定，要在聖神降臨節前到亞瑟王處報到，並說明歸順的原因。饒命不殺手下敗將，這一點既發揮憐憫心，又差使他們不論原來身分為何，都到亞瑟處委身歸順，大大地增加亞瑟朝廷的榮譽，其做法無疑是學自藍撒洛，只不過藍撒洛要求投降的騎士都向關妮薇委身輸誠，而褒曼——藍撒洛的 2.0 版（即修訂版）卻要向亞瑟本人輸誠，兩者意義稍有不同。

其次，褒曼的身分原來是馬葛絲皇后的么兒，是高威最小的弟弟，也等於是亞瑟的姨甥。高威原先不認得他，可能是高威到亞瑟宮廷任職後褒曼才出生，兩人其實最少有十二年的年齡差距。至於藍撒洛，在冊封褒曼時獲知此少年原名為高瑞斯，是羅特國王和馬葛絲皇后之子，家世顯赫，血統高貴，加上他的表現和作為，符合封作騎士的資格，故藍撒洛很放心冊立他，知道此青年會奉行他的志趣和風格。果不其然，高瑞斯的堅忍卓著和憐恤婦孺弱少、主持正義、雖強卻沒有暴怒，體已也為人，很像藍撒洛處事的風格。

正統愛情的模樣

解決了紅騎士的圍城和對女堡主的困擾後，高瑞斯卻愛上了女堡主黎安尼絲 (Lyones) 夫人，也就是少女黎安納的姊姊。黎安尼絲夫人對這個少年英雄也有意，但她不願馬上示好，她要確保高瑞斯出身高貴，因為她妹妹只知道褒曼是亞瑟廚房的小廝。其次，她雖然瞭解褒曼已克服諸多障礙和打敗路上攔阻的騎士，她仍然要讓褒曼勞其心志，為她建立功勛。這種磨鍊符合騎士和淑女間的愛情體驗，除了彼此的身分要對稱，或不能相差太多，騎士還應該要為心愛的淑女做特別的服務，以示全心全意效忠，這是宮廷愛情的一側面；黎安尼絲的安排不是故作扭捏，此時其實已進入兩情相悅的階段，但兩人卻都要自我克制，使愛情更堅貞、更純正。

黎安尼絲商請她兄長格列格摩 (Gryngamoure) 爵士測出褒曼的真正身分後，在兄長的堡裡便打算獻身給高瑞斯爵士，不過兩人的計畫被黎安納洞識，她便使用魔法破壞兩人結合，因為她覺得在結婚前，兩人不應有逾矩行為，那是為了兩人的名譽和家族的尊嚴。

此事反映出一直指斥高瑞斯的少女是魔法師，不過她具有強烈的道德意識，特別是貞潔的價值觀。從這角度來看，她在路上的嫌棄和抱怨，可能是故意藉機用激將法考驗他，看看他容忍的底線到哪裡，因而發現他的潛能和優點。至於她的魔法，卻不輕易使用，而是納入正途，包括治癒高瑞斯的重傷，而且不像其他謀害忠良騎士的女魔法師。

重點是黎安納不反對姊姊黎安尼絲和高瑞斯的交往及其愛情發展，但卻不希望兩人發生婚前性行為，她把愛情和慾念分得很清楚，她的理智和禮教殊非嫉妒。雖然在關鍵時刻黎安納扮演掃興的破壞者，其實她是幫助兩個熱戀中人心靈和心智的成長，這個角色是藍撒洛所沒有遇到過的，也因為黎安納曾兩度給予這對意亂情迷的戀人當頭棒喝，使他們恢復清醒，高瑞斯才能保持清純的意念。

高瑞斯的愛情熱火雖然難抵，但黎安尼絲曾說過：

> 我有考量到你的豐功偉業和你的堅毅、你的慷慨大方和良善，這都是我該如此做的。所以啊，你便到江湖上去，好好的發揮自己，這些都是為你好，為你掙來光彩榮耀；而且，好歹十二個月很快便過去……我會忠於你永不背叛你。（引自頁405）

表面上說得輕鬆，但對兩個年輕人都是約束和期許。黎安尼絲訂下的條件和時程，都是騎士的紀律要求，不過分也沒有刁難，希冀騎士用能力和時間證明自己可以贏得榮耀，這種帶有目的和動機進行的歷險，和先前高瑞斯到危險堡的救援又大為不同。前者是助人發揮拯民於溺的仁愛表現，後者是自我提升鍛鍊心志品德，也為了光榮女主人的做法，是高格調愛情的實踐，對入世未深，淺嘗初戀甘苦滋味的高瑞斯，黎安尼絲的保留態度，實質上幫助他快速成熟，轉變為一個負責任的騎士。這種戀人指定的闖蕩歷奇，是塞爾特故事典型的「愛情磨練」(love-trial) 題旨，在此點上，高瑞斯面臨的正是藍撒洛的另一續集版本。

另一方面，卸下庸俗慾念的枷鎖，高瑞斯要培養的無疑是純情愛意 (*fin amors*)，增加自己作為騎士的高貴品行 (*jantylnesse*)，其延伸概念即為後世所謂的紳士風度。

藍撒洛人生對照組

高瑞斯騎士生涯的經歷確實可以視之為藍撒洛的某種翻版和延伸。高瑞斯出身帝王之家，但隱姓埋名加入亞瑟宮中從低層做起。藍撒洛也一樣，他原是法蘭西班威克王之子，為了榮譽遠赴亞瑟宮廷成為圓桌騎士，先從內部參加各種競賽，贏得足夠的讚譽，再隨同亞瑟出戰羅馬，發揮輔助君王的功能，並且把自己訓練成為一名完整的騎士。

在卡密諾，藍撒洛是完成而並非實習，在羅馬戰功之後，他仍然發揮高貴的行為，或從事出征、或歷奇、或接受指令，累積事業的功勛，建立無與倫比的榮耀，成為亞瑟宮中閃亮的明星。高瑞斯卻在進宮之前尚未完成騎士的教育，不過他應該已受過基本的訓練，故此在凱爵士指派他做廚務工作的一年當中，一有空餘時間或有比武競賽時，他都會到場觀摩，可算是進行實務練習的替代方案，順便瞭解和觀察優勝者的技巧，累積了相當的實習時數。亞瑟王准許高瑞斯跟著少女前去除暴時，他便立刻披掛上馬出戰，並且首先迎戰凱爵士而沒有失誤，隨後一連串的比鬥和鋤奸，不外是執行騎士的任務，尤其是獲得藍撒洛正式冊立之後。

至於與女性周旋的經驗，高瑞斯沒有藍撒洛的經歷或遇到女性的誘惑，但對於戀愛的曲折和煎熬，兩人都有類似的經驗。最大不同點是關妮薇雖然也深愛藍撒洛，但她卻是已婚之婦，而且是君主之妻，在倫理方面，藍撒洛有犯上的嫌疑。至於高瑞斯的愛人則為未婚，因此兩人可以在曲折難忍中發展純情愛意。

此外，高瑞斯本想打破婚前的約束縱慾而行，但為正義的女士勸阻導正，藍撒洛則在隱密中遂行自身所願。兩人最大的差別是榮譽和羞恥之分，高瑞斯的戀情可以公開並為亞瑟所祝福，但藍撒洛的戀情雖為人所知，卻無法公諸於世，且絕不能讓亞瑟知曉，更不便向他人傾訴。然而，藍撒洛和高瑞斯最大的公約數除了是性情雷同，便是歷險和愛情合一的經驗，這也是很多圓桌騎士和其他騎士畢生追求之目標所在。

騎士模範生

藍撒洛和高瑞斯的愛情所以值得特別注目，那是因為兩人都忠直而無二心，絕不會利用機會佔婦女的便宜，秉持對女性的尊重。亞瑟王在他同母異父姊姊奧克尼皇后告知時，瞭解到高瑞斯真實的身分，便用比武招賢的方式引導後者回到朝中。因為獲得黎安尼絲贈予的魔法戒指之助，高瑞斯每次出賽迎戰都用變化顏色的裝扮，連敗多名圓桌騎士，沒有遇上敵手。亞瑟於是要求藍撒洛去和高瑞斯較量，免得己方賽事成績太難看。藍撒洛卻簡單回報說：

> 他在今天已打鬥過多場競賽，已夠累的了。當一個騎士在同一天之內能有這樣的表現，任何一個優秀的騎士都不宜敗壞他的聲譽與尊榮……他今天在

> 此地的戰鬥，或許就是因為深愛在場這位女主人也說不定：因為我看得出他忍受極大的艱辛，也勉力奮戰就是為了建立光彩榮耀……雖然我有能力把他打倒，我也不要這樣做。（引自頁427）

亞瑟在意的是他騎士團的榮譽，不能在比武中輸給一個身分不明的外來騎士，他看到的是整個比武的賽事，而藍撒洛看到的卻是整個人。他看到高瑞斯的傑出戰果，惟此時高瑞斯人已疲乏，理應獲得該有的榮譽，若此時由一個尚未搏鬥過的人進場和他用車輪戰術糾纏，勝之不武，這種想法充分表示藍撒洛耿直不取巧的個性。

其次，他早已知道高瑞斯的真實身分，他非常體恤自己親手冊封的騎士，又知道高瑞斯的一切都是為了黎安尼絲，他更深明一個戀人的心情，疼惜高瑞斯和黎安尼絲私密愛情的安排；在比武之外，藍撒洛還看到一個勇武騎士，一個戀愛中情人的奮發和堅忍，藍撒洛考慮到一個全人，包括了那人的愛情生活。在體恤高瑞斯的同時，藍撒洛間接表白了他日常生活中時時考慮到情感的一面。

至於高瑞斯忠耿的一面，除了在馳往危險堡路上已證明的種種事實之外，後來他瞭解到高威的性格之後，「便抽身不再和自己的哥哥高威爵士為伍，因為後者是個有仇必報的人，他在厭恨他人時，他甚至會用謀殺的手段來報復：這卻是高瑞斯爵士討厭的手段。」（引自頁 440）簡單地說，高瑞斯天性仁厚，看不慣高威強烈暴戾的脾氣，因此便遠離他。

高瑞斯在擔任廚房小廝時還獲得哥哥的照顧，但他卻沒有對兄長產生孺慕之情，即使親如手足，也免不了因個性不合而分離，此事的發展，預兆了日後藍撒洛和高威因主觀執意的堅持而分手，雖然兩人一直是圓桌中友情最牢固的同儕騎士。

若就騎士的成長、出道、歷奇和歷險、對女性的體諒和尊重、同儕友誼的建立、憐恤弱小、對急難伸出救援之手，以及承受愛情煎熬、自我證明、闡釋和經歷其中的甘苦而言，藍撒洛和高瑞斯都像出自同一個模子，亦可以說後者是前者的投影，或為年輕時的面貌以及繼承前輩志向的延伸。

換個角度來說，從高瑞斯身上，就可看到退居背後藍撒洛的影子，也表示亞瑟朝中，有一股優質正能量持續地運作，顯揚亞瑟騎士的光輝，而圍繞其間，出自至情至性對愛情的摸索也是其中一分支的能量，而這股愛情力量配上騎士的風格，還促使當事人提升到更上一層樓高尚的感情境界。

愛情與慾望

愛情與慾望並非對立的觀念，而是可以契合發展，也可以是毫無交集的平行活動，兩者的分界不在行為，而在心靈上，以及主導者和被追求者的關照與尊重的實踐上。愛情的根本，是從美好的心意出發，經過說服和誘發，使主和從在心靈上混融，達到悅樂，甚至忘我的境界，這是千百年來詩人和藝術家所歌頌的題材。

如此型態的愛情，需要具備幾個條件，首先是要營造好感。在一般情況下，每每是男方製造機會讓女方認識而至產生好感，也有倒過來的例子。在傳奇裡，男的騎士不避危險，勇於參賽比武，其動機之一就是在大顯身手之後，希望給淑女貴婦留下深刻印象。通常會出席這種場合觀賽的女士，不論已婚或未婚，都有一定的社會地位，配得上一般的騎士；而在動武爭取榮耀之後，便是社交聯誼的機會，在文明圈子裡進一步製造發展的可能，務使對方注意到自己，留下印象，以便會有下一步兩人獨處的機會。

換句話說，戰鬥孕育出愛情，雖然這兩種事物在表面上毫無瓜葛，不過從另一角度看，戰鬥產生英雄，成為出色耀眼的公眾人物，而貴婦淑女中等候英雄來獻殷勤的定有其人，英雄與淑女或英雄與美人很自然便湊合在一起，這是傳奇裡常常出現的理想畫面，是西方才子佳人的典範。

崔斯坦的淒婉愛情故事

在馬羅里敘事架構中，單一愛情故事且有比較完整的描繪，可能要算是黎安尼斯之崔斯坦的一生。這個部分本身是一個完整的故事，其深度和哀戚的過程不下於亞瑟傳說中任何愛情的片段和插曲。雖然大部分細節已觸及倫理的規範，但崔斯坦和美麗之伊索德 (La Beale Isode) 的淒美故事，還是贏得了跨國的注意和共鳴。

此故事的來源可能是十三世紀法文本的《崔斯坦》(*Tristan*)，馬羅里巧妙地把它英國化放在《亞瑟王之死》的敘事組合裡，此後有多種歐洲語言，包括義大利文和西班牙文的翻譯，也有把這故事梗概放在一個大結構體裡發展。在馬羅里的營造下，崔斯坦部分佔了全書約五分之二的篇幅，可說是相當詳盡的描述，在亞瑟的王權歷程中見證了長時間的波折、各地爭鬥的紛擾和人物的浮沉。歷來有學者認為這是一個單獨的故事，和亞瑟生平無關，但多數學者卻同意此故事可以納入馬羅里形塑亞瑟的大論述裡，不必當作是另一部作品。

基本上此故事為騎士殷勤的行為、騎士精神以及高格調委婉愛情的禮讚，但在主題以外，這樁愛情卻離奇轉折且在時運不濟中令人惋惜。

愛人變舅母

故事主要的梗概是黎安尼斯國王梅歷奧達斯(Melyodas) 被一名貴婦用魔法誘拐，皇后在哀痛中產下崔斯坦後便棄世。國王過了七年另娶，新后為了讓自己的兒子日後登基，便設計毒殺崔斯坦，國王獲知真相後要用極刑處置新后，但仁心的崔斯坦求情救了她。不久崔斯坦到法蘭西去學習語言、文化和武藝，一待七年然後學成歸國。

崔斯坦十八歲時，他的舅舅康窩爾的馬克國王受到愛爾蘭國王威逼納貢，他便央求父王把他冊立做騎士，以便替舅父迎戰從愛爾蘭而來的馬豪特 (Marhalt) 爵士。馬豪特比武後傷重回國便斃命，但在頭顱上留下一小塊崔斯坦的劍片，而崔斯坦也被馬豪特餵過毒的劍所傷，久治不癒。後來有人告訴崔斯坦一定要到產毒的國家他的傷勢才會治好。於是崔斯坦便偽裝到愛爾蘭去，得到美麗之伊索德公主青睞並將其治癒，在停留期間，崔斯坦憑著自己的技藝教導伊索德彈奏豎琴，彼此因而互有好感產生愛意。

在這期間，剛好有一名叫做帕樂米德 (Palomydes) 爵士的撒拉遜人也在愛爾蘭境內，而且和國王以及皇后十分投緣，不久便愛上了伊索德，經常糾纏她。後來國內舉行一場比武招親，伊索德要求崔斯坦出賽消滅帕樂米德的威風，崔斯坦起初仍想隱瞞身分，然而他還是在賽場外和帕樂米德比鬥，打敗後者，並命令他從此不得糾纏公主。後來崔斯坦真實身分曝露了，就是殺死馬豪特爵士之人，而馬豪特是皇后的兄弟。不過，國王還是饒了崔斯坦，把他逐離愛爾蘭。伊索德極度傷心，和崔斯坦互換信物。有感於國王的不殺之恩，崔斯坦應允日後必有所圖報。

回國後，崔斯坦向馬克國王道及伊索德的賢慧和美貌，馬克便命崔斯坦出使替他說服愛爾蘭國王把公主嫁給他。在無奈又尷尬之下，崔斯坦完成任務。返國之前，皇后交給伊索德的侍從貴婦白蘭瑋 (Brangwayne) 一瓶美酒，作為伊索德和馬克國王大婚時飲用，喝了之後兩人便會永世寵愛廝守。沒想到在回程的船上，剛好伊索德和崔斯坦都口渴，而白蘭瑋又走開，兩人皆品嚐了美酒，從此便愛戀到無法分開。

回到康窩爾，雖然馬克和伊索德正式成婚，伊索德和崔斯坦始終契合愛戀，身不由己。開始時馬克不知道狀況，後來收到密告，便處心積慮要殺害崔斯坦。事緣崔斯坦有一表兄弟安德烈 (Andret) 因為妒忌經常窺伺崔斯坦，有一次崔斯坦和皇后在密室相好時，安德烈帶領一班武裝騎士闖入房間捉奸，手無寸鐵的崔斯坦被捕送審，伊索德則被關禁等待處置。在被處決前，崔斯坦掙開綑綁，奪走了身邊騎士的劍，殺了幾名騎士，跳下山崖逃命，後來被他的侍從救起，遂又趕去救出伊索德，然後躲到森林裡過著隱居簡陋的生活。

兩人淒苦的景況和情意，還傳到少有來往的亞瑟朝廷。先前伊索德派帕樂米德爵士到亞瑟處，向關妮薇說：「並轉告她我〔伊索德〕給她捎來這段話：這個國境內只有四名戀人，就是藍撒洛爵士和關妮薇夫人，以及崔斯坦爵士和伊索德皇后。」（引自頁504）口信雖然簡短，卻已道盡兩對戀人的艱難處境和歲月，而且兩對戀人中恰巧女方都是有夫之婦，卻甘於試驗超出婚姻困境的愛情，兩位女性對彼此間的同理心不言而喻。

她們的重點不是身分地位，而是心靈寄託，以及與一名忠信不移之騎士的契合，因此一切的苦楚和委屈都可以接受，但同時也容易因為安全感的顧慮而產生疑心甚至變得善妒。關於這點人性面的反應，兩名女性的表現和其他位階較低的侍女之做法，千古不易，而且還會引起普遍的共鳴。

剪不斷，理還亂

在流放中的一天，崔斯坦在森林裡睏極睡著時，被一名和他有宿怨的平民射傷，另外還有人通報馬克王發現美麗之伊索德的所在；崔斯坦負傷回到農舍時，伊索德已被馬克王擄走。後來伊索德差人告訴崔斯坦她無法替他療傷，他箭毒之傷要到不列顛尼去才能治好。

到了不列顛尼，當地的公主白手伊索德 (Isolde le Blaunche Maynes) 把他治好了；在國王的撮合下，白手伊索德便和崔斯坦成婚，不過日子雖然快樂，崔斯坦卻沒有和公主行周公之禮，然而他們的婚訊已傳回康窩爾，美麗之伊索德非常氣憤，寫了一封信向關妮薇抱怨。藍撒洛知道了這事也大為不齒，並稱對情人不忠之人不配做他的朋友。關妮薇則寫了一封安慰信給美麗之伊索德，稱崔斯坦是高尚的騎士，「他只是被女巫的魔法迷惑了才會……和其他女子結婚……但是到最後……崔斯坦會討厭她，並愛你更甚於前。」（引自頁 515）

美麗之伊索德傷痛之後，給崔斯坦寫了一封信，請他連同夫人到康窩爾接受招待。崔斯坦和白手伊索德的弟弟商討後，便共同出發密訪。崔斯坦得以和美麗之伊索德再次見面，然而崔斯坦的內弟卻愛上美麗之伊索德，並不斷寫情書。基於憐憫，美麗之伊索德回了一封信，可惜被崔斯坦發現而誤會，因而發了瘋跑到野外流浪，幾年後回到美麗之伊索德身邊才治好了他的失心瘋。但馬克國王也發現了他，便宣判把他逐出國境為期十年。美麗之伊索德和崔斯坦這對苦命情侶又再被拆散，中間偶然由美麗之伊索德的侍從貴婦白蘭瑋做聯絡，稍解美麗之伊索德寸斷柔腸的思念。

畢生的追求

帕樂米德一直迷戀美麗之伊索德，而且既嫉妒又畏懼崔斯坦，終至自己也瘋掉，惟在偶然的機會崔斯坦遇見了他，把企圖自傷的帕樂米德帶到安全地方並加以安慰。崔斯坦一切行止和功德均由他人轉述到亞瑟處，再傳回康窩爾，美麗之伊索德芳心大慰，但馬克國王卻更加憎恨他，多次使用詭計要殺害他。後來在亞瑟面前，馬克被命令發誓要愛惜崔斯坦，然而藍撒洛卻私下要崔斯坦慎防馬克的蠱惑邪念。

後來有一趟崔斯坦雖然已身受重創，仍然接受馬克的請求去迎戰一名頑強敵人，為了可以再一睹美麗之伊索德和援助舅父馬克，崔斯坦冒上極大生命危險上場，救回了康窩爾不致淪陷。但虛假的馬克這時又使用詭計，把崔斯坦關在囚牢裡，幸而崔斯坦獲得總管大臣援助，給釋放出來，他便和伊索德逃奔到亞瑟王處，復得藍撒洛之助，並被安置在歡樂衛城裡快樂地過活。

帕樂米德雖然已經與崔斯坦和解，情傷暫癒，但他對伊索德的痴戀仍然存在。在亞瑟王傳諭的龍尼澤堡競賽中，崔斯坦和帕樂米德都參賽，坐在貴賓席的伊索德看見崔斯坦表現非凡，高興得開懷展笑，恰巧被帕樂米德看見了，便急於表現，希望摶取美人的注意，於是策馬比鬥，打得像獅子般，無人能抵擋得住，整天彪炳的戰功勝過了藍撒洛和崔斯坦。他所贏得的尊榮，就如在旁觀察的狄拿丹 (Dynadan) 爵士所說，「他該感謝伊索德皇后：因為要是她不在這兒的話，帕樂米德爵士便不可能贏取這個獎項了。」（引自頁 789）這種愛情激發出來的力量，使帕樂米德爵士對藍撒洛不敬，全是為了爭取贏面。然而大方的藍撒洛還是饒恕了他，就如藍撒洛很體貼地說：

你今天的確表現得神乎其技，可圈可點……一部

> 分原因是你為了愛情而有此作為，我也曉得愛情有很大的力量。如果我的心上人在此地的話……你是拿不到今天大獎的榮耀！（引自頁 791）

後來崔斯坦瞭解到帕樂米德求勝的動機和嫉妒，在第二天的賽事裡，便表現得更優於帕樂米德，把後者的聲譽壓下去。

在愛情的醋意鼓動下，崔斯坦和帕樂米德新近建立的友情被淡化到幾乎沒有蹤影。帕樂米德確實被愛意提振起極大潛能，可惜他的愛意只能算是單戀，因為他戀慕的對象只會愛上崔斯坦一人而已。

龍尼澤的比武賽事，充分闡明了崔斯坦和帕樂米德兩人對榮譽以及愛情的反應和敬意，榮譽包括榮耀和為了崇高目的所做的犧牲。在前往龍尼澤的路上，因為獲知哈蒙斯 (Harmaunce) 國王為叛逆的義子所害，崔斯坦和帕樂米德基於義憤，都打算去討伐竊國的逆徒。最後帕樂米德徵得崔斯坦同意，去纏鬥那兩名竊國的兄弟。

帕樂米德與崔斯坦和哈蒙斯生前並沒有交情，只因兩人讀到夾附在國王遺體所囑託圓桌騎士的遺言信件，便不顧自身既定的任務和行程，決定伸張正義維護國王的榮譽，兩騎士用行動彰顯公義的守則和情義的實踐，不計利害關係，樹立俠義的精神標記。

在本質上這是一種另類友情的延伸，其結果為成己助人，其他騎士每次因為基於受託付或自願，而不計個人安危的成己助人行動，都是發揚情義的典範，對採取這種行為的遊俠以及圓桌騎士，其實是在找尋自我價值(worth)，融合了智能的認知和精神上的德行(virtue)，雖然是無形也無法斗量，但卻具有一定的理想性，故此，它的實踐也構成自我實現的動力。

愛情，各自表述

至於愛情所觸動的愉悅感和精神的提升，崔斯坦、帕樂米德、藍撒洛和任何一位騎士，都在各自身歷其境中分別說明一切，即使是單方面醞釀這種情感，也會有出人意表的成效，譬如窮盡所能追求愛情卻得不到回應的帕樂米德便說：

> 我從未看出她〔伊索德〕給我的愛意多過舉世之

人對我的愛……而我也從未在她身上獲得愛的歡樂……其實很多次為了她的緣故，我勉強自己爭取彪炳的戰功，而她就是使我贏得尊崇的原動力……（引自頁819）

帕樂米德之言可說把愛情正反兩面的感受都說白了，得之可喜可樂，失之就沒有尊嚴和榮耀。

從接受面來看，獲得愛情的滋潤，即獲得對方的恩寵 (grace)，是心理和心靈振奮的泉源。崔斯坦誤解美麗之伊索德對白手伊索德弟弟的回信，因而發瘋到遁走他方，影響到他整個人的身心靈。愛情的恩寵，其涵蓋面和所發揮的力度明顯為多層次和多面貌，有榮譽的正面也有負面的能量；振奮心情、陶醉若仙和悲悽悲苦成了這種情感一體兩面的現實。白手伊索德的弟弟因為戀上了美麗之伊索德，把單戀當作愛情的代價，在屢試無果之後，竟抑鬱以終，在異國送掉了性命，成了愛情負面經歷的犧牲者。

另一方面，崔斯坦和美麗之伊索德因為有馬克國王橫梗在中間，而且馬克和伊索德具有正式的名分，對本來匹配又情投意合的神仙眷侶，既要避人耳目，又要擔心讒言，更怕被馬克捕捉處決，只能若即若離把握任何機緣繼續苦戀。除了有道德禮數的束縛外，還有榮譽感的制約，使他們不能太隨意隨便，因此，這對令部分宮廷中人羨慕的情侶，其愛情始終無法修成正果，空留悲戚餘嘆，崔斯坦最後還是被馬克國王所害。

預示主線故事發展

表面上，崔斯坦與伊索德的愛情和整個亞瑟故事好像是分岔脫軌，關係不大，其實這個冗長的插曲根本是藍撒洛和關妮薇的前奏版本，就如同高瑞斯的生涯歷奇是藍撒洛的濃縮前奏版那樣。

藍撒洛在亞瑟故事中扮演非常重要的角色，而崔斯坦雖然只在生涯後期才加入亞瑟朝中的活動，但他絕大部分的歷奇和爭取騎士榮譽的行動，都直接或間接和亞瑟的騎士們搭上關係，可說是在外圍敘述圓桌的種種活動，亦可稱為卡密諾的側翼助力。換句話說，崔斯坦的愛情故事，不只預兆了藍撒洛雷同的經驗，也從旁豐富了整個亞瑟騎士團散發出來的愛情芬芳，絕對無損亞瑟朝中騎士愛情經歷的風貌。

崔斯坦和藍撒洛最根本的差異在於對初始機緣的把握。崔斯坦和伊索德在男未婚女未嫁時本可充分利用機會，但崔斯坦卻蹉跎而至錯失時機，還把自己的心上人往外推薦給馬克，絕對是致命的敗筆，他和伊索德的愛情苦果，自己要負上完全的責任。

至於藍撒洛則是命運的輸家，因為在他認識關妮薇時，後者已是亞瑟的王后，也是他的「上司」，這種愛情的發展，注定難以一帆風順。藍撒洛的畸戀，不在年齡，而在無望，構成了崔斯坦的接續版。

不過，崔斯坦和伊索德以及藍撒洛和關妮薇的確塑造了兩對在當時天下無雙的情人。他們的戀情兼具真誠、痴愛和複雜的第三者甚至第四者的介入，其本身也有違正當倫常的體系。崔斯坦雖然熱愛伊索德，卻和白手伊索德成婚，引起前者憤怒。同樣，藍撒洛對關妮薇的痴情，在魔法催情下錯與少女伊蓮娜（和藍撒洛母親同名）結合，日後產下一子（參本書頁 142）；後來又不經意接受另一名少女的信物掛在矛槍上出賽（參本書頁 180），使關妮薇不願與之再相見。

崔斯坦因嫉妒而至瘋癲流離失所，在森林野外多年；藍撒洛也因關妮薇嫉妒驅趕他而患上失心瘋，在宮廷外流浪兩年多。他們兩人都曾享有愛情的甜蜜美好時光，但同樣的也因為對愛情的執著而歷盡艱難滄桑，失去自尊，幾至喪命。不過他們的故事，廣為人知，在唏噓中建立自己勛業和情感生活的悲涼性格。歡愉、嫉妒、慾望、痛苦、希望、妥協和掙扎，成了他們糾纏不清的畸戀感情的寫照。

崔斯坦最落魄孤絕的時候，他的心依然繫在伊索德的安危幸福之上，在這個關鍵時刻，對他伸出雪中送炭之手的便是他的知交恩人藍撒洛。後者把自己的封地歡樂衛城無條件給他作為供養之用，成了他們兩人最佳的愛情見證地，也是眾騎士在找尋崔斯坦毫無頭緒時，藍撒洛卻曉得他們安全的藏身所，無愧是崔斯坦一生的知音，並且是最能用同理心瞭解後者愛情波濤挫折的性情中人。其實，在崔斯坦身上，藍撒洛確切地看到了自己的縮影。

忠信

踏實的愛情除了比武贏取得來的開端，尚需要忠信、耐心和責任心才會持久。忠信對傳統上屬於弱勢的女性特別重要。譬如美麗之伊索德雖然身為康窩爾皇后，但已全心繫在崔斯坦一人身上，聽到崔斯坦已和白手伊索德結為連理，其絕望和氣憤之情可想而知。在藍撒洛聽到此消息時，不只要和崔斯坦斷交，更揚言遇上後者時會讓他好看，理由是崔斯坦不忠不信。

類似情況也發生在關妮薇身上。因為伊蓮娜來到卡密諾時，關妮薇聽聞前者早已和藍撒洛產下一子，她便命令把伊蓮娜夜宿的房間安排在自己寢室的隔壁，方便監看，務使藍撒洛無法與之團聚，而且要他在夜裡到她的房間去。她的手段固然出於嫉妒，但所求的無非是藍撒洛全心全意的侍奉和愛她一人而已。事實上，藍撒洛早已證明自己除了關妮薇之外，不會去愛別的女性，可是關妮薇仍然不放心，足見騎士和貴婦對愛情忠信的想法有別，後者往往要求的是絕對值而不是比較值，以之放在一般情侶身上，其情形也大概如此。

在極端的例子中，像是和巴林比鬥的藍斯峨，在魯莽中被矛槍刺中身亡，他的少女情人飛奔而來，用愛侶的劍自殺（參本書頁48），就如同後來巴林告訴巴蘭的話：「這名少女，是為愛而殉情，教我非常難過……在我有生之日，我會對女性盡我所能給予最佳的服務。」（引自頁160）此名少女對愛情的執著，為忠信訂下一個犧牲自我生命的標竿。它在本質上是對愛人特殊的要求和渴望，尤其是站在弱勢的一方，即使是強勢的一方也會如此，要求往往會變成命令，但這種命令不外顯得提出要求的一方缺乏信賴或善妒，比如關妮薇的所作所為。

比較之下，伊索德在自己最脆弱的時候，她的渴望還算合乎情理，而崔斯坦在短暫走失之後，仍能迅即回歸到忠信愛情之路上，是贏得絕大多數同儕騎士敬重的主因。

耐　心

耐心基本上和忠信一樣，需要雙方合作體諒，其實，耐久的愛情需要經過考驗，包括時間的考驗。在傳奇故事裡，僅是出身門第不會帶給騎士更多的光彩榮耀，他還需要為主人參戰，累積戰功，但戰事不是經常發生，比武競賽和出外遊歷宣揚朝廷或主人的威名，是另一種贏得榮譽的服務。為了完成這種效勞，騎士便不能經常陪伴愛人，暫時的分開成了必然。

又如高瑞斯雖然已贏得了黎安尼絲的芳心，且他的英雄事蹟已歷歷在目，黎安尼絲仍然要再加考驗他，但懇切地對他說：

> 你所作所為的艱鉅功德和我對你的愛意並沒有消失……你的慷慨大方和良善，這都是我該如此做的……你便到江湖上去，好好的發揮自己，這些都是為你好，為你掙來光彩榮耀；而且，好歹十二個月很快便過去……好騎士，我會忠於你永

不背叛你……（引自頁405）

黎安尼絲一面安慰為她歷盡艱險辛勞的情人，一面也提醒他騎士世界的規範，包括堅毅的意志。十二個月是騎士團的例行期限，就像褒曼初到卡密諾時，要求亞瑟給他十二個月的供養那樣。黎安尼絲雖然沒有發誓，但已清楚表明她的感受和保證，她會忠於高瑞斯，反過來，她也要高瑞斯穩定地忠於她，以一年為期，要求情人累積更多的榮譽，好受到亞瑟以及其他騎士讚賞，爭取認同和地位，因為高瑞斯在離開亞瑟宮中出任務的路上，才剛被藍撒洛封為騎士，尚未廣為騎士團所認識，出外建功立業，勢在必行。

十二個月後再相聚，對黎安尼絲和初燃愛火的高瑞斯都是挑戰和考驗；夫人對年輕的高瑞斯雖有信心，但也要利用時間讓他去證明自己的耐力、信心和高貴的人品性格，這些都符合當時的成文和不成文的規定。

此外，另有一種型態的耐心，就是忍辱負重的德行，此情形發生在被戲稱為爛尾外衣的諾瓦之布魯諾(Brewnor le Noyre) 身上。年輕魁梧卻衣不稱身的布魯諾來到亞瑟宮裡，請求冊立為騎士。他受封後，宮裡來了一名少女，請求宮裡騎士跟她外出完成一項探險歷奇，爛尾外衣自願效勞。

沿途不管大小戰役和比鬥，爛尾外衣都戰無不克，但總受到少女的奚落和嘲諷，惟他從不生氣，平和安順地克服各種險象，始終對少女保持和顏悅色。最後一段路程藍撒洛現身陪同左右，勸少女好言相對，因為爛尾外衣已證明自己是優秀英勇的騎士，此時少女卻出人意表地說，她不再討厭爛尾外衣：

> 前此我責罵他不是因為我憎恨他，而是因為我對他眷愛的緣故，因為我總覺得他太年輕，太少不更事去冒險出任務，所以我的打算是想把他趕走，因為我珍惜他年輕的生命……（引自頁541）

如此說來，少女是疼愛爛尾外衣的，後者從頭到尾都不受氣又沒有反脣相譏，經過長期間的觀察和磨鍊，兩人沒有在外貌和身材上互相吸引，雖然兩人的條件都甚佳，惟在理智和心靈上卻越來越有默契。回到亞瑟宮中覆命後，就在下一個聖神降臨節時，爛尾外衣被封為圓桌騎士，晉升騎士位階，事後他便在宮裡和這名一直譏諷他的少女結成連理。按照事情發展的經過，此一插曲必然是跨年的歷程。這一段故事是樹立耐心、忍讓、謙沖為懷、體諒對方處境並發揮最大寬容力量的模範，這些都是騎士精神的美德，轉化為美好愛情的要素。

責任心

責任心實為愛情的扶持力量。中古時代的騎士，是社會上有權勢卻又是相當失序的人物，造成弱肉強食和霸凌現象頻仍，因而圓桌騎士團講究紀律和扶助弱小。

在傳奇裡經常有惡徒騎士欺凌女堡主或老邁孱弱的騎士，或要求弱者找尋代為迎戰的騎士，或要求降服納貢，譬如馬豪特爵士代表愛爾蘭國王挑釁康窩爾國王即為一例。有能力和武功卓越的騎士往往會被邀出迎戰鬥，若戰勝了，便會得到代為戰鬥一方的感激，常常這一方的貴婦或少女亟願與這名騎士結交，甚至更進一步展開關係。

在特定的矛槍比鬥或競賽中，打贏的一方，可能會把輸家的愛人或女眷搶走或帶走。這種方式是野蠻的舉動，前段自願的方式則較為文明。惟若配對成功，此時這名優勝騎士若在原居地已有情人，便成了腳踏兩船的主角，絕對無法忠誠負責到底。即使騎士原為單身，一旦接納愛情的現實，在他返回居地時，仍會有牽腸掛肚的情況和後續處理的難題。

崔斯坦在離開愛爾蘭返回康窩爾之前，和伊索德已是事實的情侶，彼此還交換愛情信物，但崔斯坦沒有說出任何期約的言詞，也沒有採取讓伊索德安心的做法，如此交換信物的舉動，難稱是負責任的戀人。加上他回國後還向馬克王吹噓，又協助馬克向伊索德求婚，以後的發展，固然賺得不少同情的眼淚，但在某種程度上，崔斯坦難辭其咎。若他對伊索德根本無意，就不應替她效勞和交換信物，因為若無意開始兩人的感情，就該慎於始以免引起誤會。

騎士因為較為頻繁移動，相對於女方更須重視愛情所衍生的責任。其實，在《亞瑟王之死》傳奇裡，有多個例子，包括亞瑟、藍撒洛、博爾斯、培里諾國王等顯赫盛名的騎士，都有婚外情，甚至有婚外生子。於此，這部傳奇的作者，毫不避諱地交代實情，讓讀者瞭解真正愛情中的一環，在人性面上，需要落實在責任心的層次。然而，深入地看，上述四人的婚外事例，屬於慾念的成分大於愛情的本質。也就是說，愛情是正面能量，而慾念和情慾則屬侵擾性的負面能量。

慾　望

在亞瑟傳奇當中，幾乎所有動人的愛情故事都帶有慾望的情節，其實這兩個部分不容易切割，如果「愛到深處無怨尤」是理想也是一種指標，此中部分故事便落得通俗而已。反過來看，慾望也可以偽裝成為愛情的積極表現。當慾望的表達不理會對方的想法，不顧及對方的感受和反應時，積極舉動便變成了侵略的行為、暴行，甚至是罪行。

慾望其實具有潛藏的破壞力，若沒有處置得宜，負面能量的流竄便成了毀滅的動機和做法。這些小自性別騷擾，惹人討厭，大到害人送命，都是不正當感情的發洩。如果愛情是美妙的生命節奏，慾望就可能是殺手的泉源，它具有強佔性，以自娛為動機，常常跳過社會規範、常典、階級和可能障礙，形成感情和人身的危機。在傳奇作品裡，慾望和愛情的實例，同樣的頻繁。

基本上，慾望和愛情的差異是前者的自愛大於一切，後者則含有他愛甚至達到自我犧牲的地步；慾望具有強烈佔有和自我閉鎖的成分，而愛情達到高點時，則是完全的自由，毫無怨尤可言，反而會不斷地付出。相對之下，慾望是自私的情感，只有自我滿足的躁動，感官的發洩又優於心靈的滿全，愛情則是主體客體同時融會的歷練。

敘述者既要把慾望成分壓制下去，又要歌頌兩愛人之間的真淳，有時不得不尷尬地說，亞瑟時代的愛情和敘述者十五世紀時的觀念實有不同。除了幾名顯赫的亞瑟騎士之外，其他人不管男女，若有出軌行為的愛情，敘述者多不予好評，甚至指斥有加。

譬如清純的帕斯瓦爵士，聽到馬克王指控崔斯坦和伊索德犯有姦淫之罪時，便斷言駁斥馬克國王，因為他認為被指控的兩人只有純情的愛，柏拉圖式的愛，以這三人的身分和角色，只能容許這種愛情的出現。或許也只有帕斯瓦才能大聲地如此說，因為在塵世的情慾和愛情方面，他是白紙一張，沒有受到汙染，還每每以身心純潔為己任。

其實中古時代騎士的德行之一就是要求身心純潔，包括婚內和婚外保持貞潔。帕斯瓦的兄弟藍瑪陸克爵士和高威的母后馬葛絲互相愛戀發生關係，高威和高希利斯等兄弟承受不了，認為是恥辱，高希利斯便把母親殺掉，後來幾兄弟又利用詭計，合起來把藍瑪陸克也殺害。這個悲痛事件發生時，羅特王已死，高威的母親已是寡居，在法理和道德上，馬葛絲皇后是自由之身，可以正大光明地談情說愛，甚至論及婚嫁，不過藍瑪陸克和高威兩個家族，互涉有殺父的仇恨，馬葛絲和藍瑪陸克的愛情，便成了貞節愛情和恥辱對立的最好藉口，一件正當的事，在焦點模糊化之後便成了悲慘的祭品。

騎士身邊的「她們」

情愛之事，固然佔去騎士很多心思和努力，畢竟他們還要為領主服務和遊歷提升個人能力，但情愛卻是貴婦淑女畢生最重要的生命歷程，當她們的手段超過客觀的接受度，又或引起對方的抗拒時，便是敗德的開始。

這點對男方也同樣適用，若持續推出己方單向的意圖，無疑成了有威脅性或壓逼性的慾念而已，在男方可能變成淫穢奸惡欺凌弱小之徒，在女方則成了邪惡的亂源，比如亞瑟故事傳統中眾多的女巫和魔法師。然而她們在故事裡現身，在某方面也強化了女性的社會意識以及她們也需要受到關注和發洩慾念，雖然她們爭取的方式令人不容易接受。此現象連亞瑟的騎士也無法倖免。

其中最顯著的例子就落在藍撒洛身上。前文提過藍撒洛在樹下熟睡時，四名各有丈夫的皇后強行滿足自己的慾望（參本書頁 93）。碰到了魔法，再大的能力和再高強的武藝也變得無用武之地。在另一情景裡，郝路絲 (Hallowes) 女巫已暗戀藍撒洛七年之久，便用計促使他到危險堡去取得療傷之物，其實那是個幌子，她希望把藍撒洛變成自己的禁臠，即使活人逮不到，若藍撒洛中了魔法送命，她打算把前者用防腐藥包裹，放在身邊，天天陪伴著他。

這類事情連亞瑟王也免不了深受騷擾，譬如北威爾斯的女巫奧惱兒 (Annowre) 誘惑亞瑟到卡迪夫 (Cardyeff) 城，希望和他共譜鴛鴦，幸而亞瑟不中計，她便帶亞瑟到森林裡去，意圖讓自己的騎士殺掉亞瑟。

不受節制的慾望往往是真誠愛情的破壞者，即使兩者並不完全站在對立面，譬如亞瑟宮廷以外的黎安尼斯國便是一例。魔法師貴婦雖然沒有親手殺害皇后，卻是害她在森林裡產子喪命的根由（參本書頁 117），魔法師一時逞私慾，造成梅歷奧達斯國王、皇后和崔斯坦永世的哀痛創傷，成了犧牲他人來謀取自己短暫的快意。

另外一單向愛情的例子，在本質上或應劃入慾望之列，就是梅林的插曲。梅林單戀湖中仙女尼霓芙，不只糾纏，還常常佔有她的身體，尼霓芙無奈，便趁機學會梅林的魔法，最後用學來的魔法把梅林永久封困在石穴裡讓他無法脫身。梅林雖然對亞瑟有恩，也是一名無敵的軍師，但他對湖中仙女的痴迷和騷擾，並非兩情相悅的愛意行為，是迷失理性的慾望表現，成了亞瑟傳奇中，反動愛情的典型。

魔　法

魔法在愛情事件中，扮演著雙刃劍的角色，就看使用者的動機而變化。正面的例子有布魯森夫人 (Brusen) 的操作。她順著培里斯 (Pelles) 國王的預言，用魔法使藍撒洛和伊蓮娜公主同房，其後產下嘉拿赫德，完成聖爵追尋的使命。

對藍撒洛來說，他被愚弄欺騙了，惟對伊蓮娜則完成和理想英雄人物的一段情，到嘉拿赫德出道後，伊蓮娜往訪卡密諾，布魯森夫人又再用魔法使藍撒洛把伊蓮娜誤作關妮薇，因而兩人再次燕好，實現伊蓮娜多年對夫君的宿願。然而，此次重逢夜宿，卻使關妮薇發飆怒斥藍撒洛，造成他瘋癲了兩年，浪跡野外林莽之間。這名神經失常的遊民終於闖蕩到柯賓城，被伊蓮娜發現，又由布魯森施法術使他睡著，憑著聖爵的神力，把他治好，精神恢復。

魔法沒有那麼大的神力，但卻是極佳的催化劑，可以玉成好事，當然也可以是破壞的力量。伊蓮娜雖然清純漂亮又出身帝系，但藍撒洛對她無意，若沒有布魯森夫人使法，兩人難有愛情火花。藍撒洛和伊蓮娜的結合既無愛情也無慾望之念，不過，在魔法的催促之下，他卻認為自己在實踐愛情，在實質上，兩人的確擁有愛情的樂趣和開放魚水之歡的內涵。

至於伊蓮娜，從頭到尾都沒有強求，在聽從父命以及布魯森夫人的安排下，以信賴良善的動機出發，放棄無知的自我，在順從中獲取最大的心靈力量，與廣為騎士世界所讚許的理想人物做身心的結合，把愛情和婚姻，融會在一起，她所體驗的境界是愜意歡悅和平安喜樂的，而且因為她是嘉拿赫德的親生母親，還有母性圓滿的喜樂，這點是傳奇裡其他至情至性的戀愛中人所缺少的特色。

全人教育的愛情觀

在亞瑟宮裡和宮外，有一名騎士叫作狄拿丹，很有詼諧的性格，又能譜歌作曲，對於男男女女的騎士和貴婦熱中愛情很不以為然，雖然他是崔斯坦的仰慕者，並且為了找尋失去蹤影的崔斯坦翻山越嶺去國多時，到了歡樂衛城見到尚未表明身分的女堡主伊索德，便大剌剌地說：「我是很好奇崔斯坦爵士和許多其他的戀人，是什麼原因害得他們如此瘋狂和沉迷在女性身上？」（引自頁 751）對這樣的想法，美麗之伊索德卻淡然回應，並把其中的動機和價值告訴他。雖然狄拿丹不是輕易地被說服，伊索德倒說：

> 什麼？……難道你不是一名騎士卻沒有愛人嗎？說真的，對你而言可是奇恥大辱了，如此你便不能稱作優秀的騎士了，除非你會為了女士的緣故出面和人爭吵。（引自頁 751）

在伊索德生活的年代，一般騎士要到接近成年始能被冊封，很多時候要到更年長時才有機緣。成年的貴族結交情人應為正常現象，在同儕朋輩中無法結交愛人會是一種社交壓力，惟擁有愛人和有家室是兩種不同的情況，屬於不同的觀念。

必修愛情學分

騎士不能只懂得參賽和打仗，還需要學會替貴婦服務和殷勤侍候上級。除了要發揮社交的言辭和手腕，還要學習與人交往以及基本的儀注規範，因為女性的生活方式與需求和男性多有不同，一名優秀的騎士除了要體諒也要體貼女性的情況，不能只有粗獷氣概而缺乏溫柔手段。

認識愛人之後，騎士的觀點和關注面會較前更為開拓，而且要練習謙虛，因為大多數的騎士只懂強化自我意識而變得驕傲自大，但在女性面前，再粗疏再豪氣的騎士，為了贏取美人的眷顧，必得展示細膩殷勤才會有進一步的發展。

就個人心智成長而言，擁有愛人參與社交活動，是全人教育中培育性格發展重要的一環。基於同樣的理由，年輕未婚騎士特別熱中參加馬背上提槍的比武競賽，一旦獲得令人豔羨的愛情還會帶來額外的光采和榮譽。在這樣的文化脈絡中，伊索德所言，並沒有譏諷的意思，但卻細膩地指出，優秀的騎士在那個年代，沒有愛人即沒有愛情可言，性情上可能有所不足，在騎士同儕中容易會成為恥辱的藉口。可能基於這種原因，有些邪惡騎士無法營造有意義的愛情，便四出劫掠婦女，滿足私慾，同時拉來押寨夫人以維持面子。

至於伊索德說為了女士的緣故出面和人爭吵，主旨是替女士伸張正義和效勞，尤其是替那些被侵犯受欺凌的女性主持公道，她不是鼓勵騎士去動粗與人交惡，而是補充前面所說的重心。伊索德用她蕙質蘭心的話語，既說明又勸解狄拿丹，用更多的同理心去瞭解愛情在騎士世界裡所扮演的角色。

不過狄拿丹倒很爽快地稱他並不是木頭人，也並非故意看不起情侶們，他的態度其實是對這種男女關係的感覺，而非受挫後挾怨的反應。他說：「上天可為我辨明……因為愛情的歡愉太短暫了，而它所引帶出來的哀傷卻太長久了。」（引自頁 751～752）如此說來，狄拿丹倒是整體考慮到愛情正面和負面的效益，而非持著憎厭婦女的心態，同時也表示他絕不急躁，反而用一種哲理的看法處理此事，也就是某種宗教上的禁慾主義(asceticism)。

這和狄拿丹在賽事以及比武時不強出頭爭取名譽是

一致的，這樣做並不表示他不愛榮譽，只是他不做沒有把握的事，就像他不要和藍撒洛在馬背上比武，免得為了虛榮而失去尊嚴。同樣，他對愛情的保守態度只表示自己害怕受到傷害，而不是在本質上否定愛情；狄拿丹其實點出愛情不只是肉體上和心理上的交流而已。

同袍愛類比兒女私情？

伊索德在質詢狄拿丹作為一名優秀騎士卻沒有愛人時，實在拋出了一個當時貴族男性之間的社會現象，學者稱之為同性結盟 (homosocial bond)。一般中文翻譯會以同性戀視之，但這種詮釋稍有誇大；此處伊索德完全沒有把狄拿丹當作男性同性戀視之，只是批判他不應忽略異性戀的普遍現象，至於他的行徑，也沒有任何男性戀的傾向，更沒有利用權勢侵犯自己的見習騎士或其他見習騎士。

狄拿丹在說話和言辭表達上，根本難以找出帶有男色的元素 (homoerotic) 在內，他只不過和一般異性戀的愛情保持安全距離，或許是他事業心重，暫無暇顧及費神的戀愛事務，又或是他的眼界甚高，而合適的貴婦已名花有主，他所回應的話語只是外交辭令，以免讓人感到他不中用，不被宮中的貴婦賞識。

事實上，騎士之間的同儕情義和敬重，即使來自不同的背景和系譜，彼此都可親如兄弟，這種平等的友誼，世稱之為同袍情誼 (fellowship)，然而這種同袍情誼，實在含有一些男性間結盟的氣概，同儕之愛有別於異性戀之愛的滿足感，但欣賞對方優點的心態卻同出一轍。在一定程度下同性結盟會令騎士互相效仿和變得死忠，強化他們之間的心靈契合，甚至不惜自我犧牲。在極端情形時會取代異性戀的愛情要求，惟在初階的層次，就是顧及同儕榮譽的情義。

把這種榮譽感放在複雜的男女關係中，一方面可測試愛情的熱度和忠誠度，另方面也導引出愛情的倫理準則，此點在婚外情中尤其顯著。事例之一為崔斯坦從愛爾蘭療癒毒傷回國不久，他愛上了賽華瑞迪斯 (Segwarydes) 伯爵夫人，但兩人的戀情使馬克國王大為吃醋，因為他也愛上伯爵夫人。透過奸險的小動作，馬克使賽華瑞迪斯爵士知曉夫人對他不忠貞，在挑戰崔斯坦時反被崔斯坦所重傷。

後來一名亞瑟騎士貝里奧貝雷斯 (Bleoberys) 到馬克宮中使計，讓馬克同意他帶走宮中最漂亮的伯爵夫人，賽華瑞迪斯聞訊便武裝起來要去追回夫人，崔斯坦卻沒採取行動。宮中有些婦女深知崔斯坦和伯爵夫人的戀情，便譴責崔斯坦為懦夫，讓騎士蒙羞。崔斯坦便辯說：

> 在她〔伯爵夫人〕的主人丈夫仍在此地時，這檔事還輪不到我出面哩。但是，如果她的主人不在這宮裡，為了這個宮廷的尊榮，我就會出來為她而戰。如果賽華瑞迪斯爵士打不過他，我就會和這名優秀騎士理論，在他從本國遠走高飛之前。（引自頁 472）

崔斯坦的辯解義正辭嚴，也開啟了一些觀念的討論以及國情文化闡釋的必要。

本插曲中，貝里奧貝雷斯以其勇武又有名人靠山的姿態，把宮中最貌美的貴婦帶走，根本就是掠奪逞凶，毫無愛意可言。而馬克以一國之尊，竟讓這種事發生在自己的宮廷裡，可說盡失國體尊嚴，況且此貴婦和她丈夫賽華瑞迪斯都是他的部屬，顯然他不懂愛情、無同理心、也不懂得保護下屬，因此，他和伊索德的婚姻雖然存在，卻沒有絲毫憐香惜玉的認識，難以看出他和妻子之間的愛情。

至於崔斯坦和賽華瑞迪斯夫人之間，本來就有屬於美感和心靈互通的愛意，但在情人被劫走而她的親夫同時在場，的確令他處於兩難的地步。若他馬上出面阻擋，形同打臉賽華瑞迪斯爵士，等於告訴眾人賽華瑞迪斯是懦夫，也把他隱祕的私情公諸於世，對賽華瑞迪斯是雙重傷害。

愛情有如政治學

崔斯坦稍加猶疑便被眾貴婦指斥他不是理想情人，顯見女性的角度是要十足的安全，男性的面子不在她們優先考慮範圍。也因此，碰上進退兩難時，她們的愛情觀在本質上和感性上不見得和男性有類同的思考，女性的慾念和意願 (desire)，在心理上，較之男性可能具有更強的衝動佔有和危機意識，證之後來藍撒洛稍有延遲坐上囚車（參本書頁 181），便被關妮薇指斥為愛她不夠深，因而怒氣難消。

愛情當中的說服和誘惑語言及行動，似乎預期男性要有更多的主動和攻佔性的表現，而女性在被動中其實隱藏了好幾個層次的語意，包括解構男性的行動。

在本事件裡，賽華瑞迪斯追擊掠奪者，卻被打傷慘敗，然後崔斯坦再追上去，對付了貝里奧貝雷斯，但卻被賽華瑞迪斯夫人認為是貪生怕死，愛她不夠，因而從此斷絕交往。以此女性角度來看，在愛情複雜過程中，主角騎士需要把男性主體愛戀的社會觀瞻構造拆掉，也就是說以男性為中心的事業和面子都要退居幕後，形同自我的謙卑和馴服，但不至於消滅，男性的自我意識要弱化、謙虛或女性化。

另方面，女主角會變得男性化或強化對騎士的要求，成為騎士仰望拜服的對象，此中有一定的權力關係。或許這種特徵就是愛情和慾望根本性的差異，因為慾望完全沒有這種微妙角色的互換，完全不需要體諒和馴服於對方。至於兩者的共同點則是程度有別的戰爭，即使是理想的愛情，在追求、誘惑和甜言蜜語的安撫過程，其實是進行一種心理和性別主從的戰鬥，如果中間插入第三者，戰爭型態就更為明顯。

慾望的發洩和落實，不論男方或女方主動，都可能造成傷害的經驗，而若退縮不發或變得落空，便會自傷。前述多名騎士的經歷都是例證，因而，愛情和慾望在官能上、心理上和現象上，都構成一種戰爭的藝術和潛伏的政治學。亞瑟故事的戰鬥脈絡提供了極具參考價值的佐證。

靈光乍現話聖爵

在各種魔法、幻象、奇景和不可思議事物的描繪中，最神奇的項目毋寧是聖爵的面世。它的乍現、隱退、追尋和再發現，攪動也攪亂了騎士的江湖，把亞瑟的世界蒙上一層奧祕莫測的面紗，使這個騎士圈子的生態倍感複雜又層次鮮明。

從十二世紀以來，特洛瓦之克里田和博朗之羅拔（Robert de Boron，十二世紀末至十三世紀初法蘭西詩人）等作家，透過不同形式的作品，把聖爵的精神象徵牢牢的套住了許多世代的想像力，而且每一種出發點都形成一個觀念的指南。

一般的說法，都認為聖爵故事給亞瑟傳統鍍上一精神層面，或宗教意識層次。然而，瞭解中世紀騎士的作為，即明白他們的職責，除了保衛家園、執行朝廷命令之外，也要替教會服務。因此，他們不只是淑世的騎士，同時也是教會的騎士。世俗的準則可以用比武戰鬥來衡量，教會的準則便需要用精神和靈性價值來測度。聖爵的尋覓，正好是一個引人入勝又可發揮各自能耐的議題，既滿足亞瑟王朝對異象奇景的好奇心和容納珍奇的用意，又能彰明教會文化對俗世風氣的導正著力。

從逆向思考，敘述者透過本傳奇，使教會的精神採用聖爵的身影，明確指出上智和下愚，純潔和罪孽，真誠和虛假，以及仁愛和痴迷的差別與結果；其實可以說敘述者借用傳奇的架構來開釋基督宗教文化的道理，在奧祕玄惑的事件中精巧地傳道，又在緊要和關鍵時刻，由故事中的隱士來解釋天意和天命。

在不同作品裡，聖爵的面貌和淵源各有不同，但在《亞瑟王之死》裡，很清楚地明訂為阿勒馬蒂之約瑟(Joseph of Arimathe)身邊帶著的爵杯器皿。在故事裡，爵杯所裝的內容通常是覆蓋著，無由得見，但有時卻標示為聖體(Eucharist)，即轉化而為耶穌聖體有形之麵餅。在敘述的實況上，聖爵出現時，都會帶來有形和無形的奧蹟，惟在傳奇敘事以外，教會從來沒有認證過聖爵是基督的象徵物，此物僅為坊間傳言而已。

聖爵的由來、現身

聖爵，最先為特洛瓦之克里田在《帕斯瓦，聖爵的故事》（*Perceval, ou le Conte du Graal*，約寫於 1181～1190 年，參本書頁 238）裡一個插曲，到了博朗之羅拔則把其事變做一整部詩作，名為《阿勒馬蒂之約瑟》（*Joseph d'Arimathe*，約於 1191 年後成篇），有時亦稱作《聖爵之故事》(*L'Estoire dou Graal*)。羅拔首開把基督宗教文化的層面和聖爵的神話結合，創製成聖爵的故事。在詩裡，阿勒馬蒂之約瑟用耶穌最後晚餐用過的爵杯器皿，去盛載釘在十字架上耶穌滴下最後的幾滴血。約瑟的家人後來把聖爵帶到阿法隆谷 (vaus d'Avaron)，此阿法隆（Avaron 有轉寫成 Avalon）又有稱之為日後的格拉斯頓貝里 (Glastonbury)，由約瑟的後代守護珍藏，等待亞瑟的崛起和帕斯瓦的來臨。

前述部分的情節大體上由馬羅里繼承，而且《阿勒馬蒂之約瑟》裡面漁人王 (Fisher King) 的部分也在馬羅里的《亞瑟王之死》裡演繹出自身的特色。基本上，

《亞瑟王之死》的聖爵故事背景和《帕斯瓦，聖爵的故事》幾乎同一模式，而與別的故事不同；馬羅里不只放大了故事裡的奧祕玄妙的元素，更巧妙地申述其中基督宗教教義的精神，包括靈性生活的反省、悔罪和改過遷善的指南，也融入了當時的喻世名言。

聖爵場景盤點

聖爵有直接也有間接現身的情形，而且即使感受到它的來臨，也不是每個騎士都可以看見它的影子，更不要說看見全貌或找到它的所在。在馬羅里書中〈聖爵的故事〉開始之前，聖爵已和圓桌騎士連上關係。有些是預兆性質，有些是側影，有些是直接現身，但每次都會和最重要的圓桌騎士有關，也等於說，聖爵和無名小卒無緣。以下是幾次聖爵出現最重要的情景：

1. 藍撒洛到柯賓城，救了被魔法禁錮的少女，培里斯國王出迎致意，把他帶到城堡裡用餐。此時一隻鴿子飛來停在窗邊，嘴裡啣著一個小黃金香爐，頓時滿室清香芬芳，他們面前擺滿各種食物飲料，有一名端麗少女捧著黃金盛器進來，國王隨即跪下，並

稱那就是聖爵。（參前書頁 835～839）

2. 藍撒洛的表兄弟博爾斯路經柯賓城受到培里斯王款待。看著伊蓮娜手抱一名很像藍撒洛的嬰兒，即嘉拿赫德。此時外邊飛來一隻白鴿，嘴上啣著一個小黃金香爐，場內出現各式食物和飲料，空氣中有一股芬芳味；一名少女捧著聖爵出現，邊走邊說：「博爾斯爵士，此嬰孩，嘉拿赫德爵士將會坐在圓桌之危險席上，他會尋獲聖爵，他的功勛甚至會超過藍撒洛爵士，也就是他的親生父親。」（引自頁 844）

3. 艾克塔和帕斯瓦在路上相遇打鬥，兩人都傷重垂危。帕斯瓦便跪下誠心祈禱，此時，聖爵出現，帶來一陣甜美的芬芳氣味，但只有帕斯瓦窺見少女捧著聖爵，一忽兒間帕斯瓦和艾克塔髮膚和四肢的傷都痊癒了。（參前書頁 863～864）

4. 培里斯國王侄子卡斯達 (Caster) 賑濟窮人，患有失心瘋的藍撒洛來到柯賓城，衣衫襤褸，獲贈一褶紅袍，便闖入御花園躺下睡覺，被伊蓮娜侍女發現，眾人把他移到藏聖爵的房間，有一名聖者出來，把

聖爵的覆蓋掀開，透過聖爵的神力，藍撒洛被治好，精神復元。（參前書頁 869～871）

5. 主後四百五十四年聖神降臨節，亞瑟和眾公卿在卡密諾進用晚餐，嘉拿赫德在座。忽然雷電交加，一道比陽光強七倍的光射進廳內。是時聖爵用一塊白織錦蓋著送進廳堂，但沒有人看見聖爵，也沒有人看清楚是誰把它帶進來，廳堂洋溢著芬芳味，所有騎士都獲得佳餚美酒，聖爵繞行一周後，忽然不知所蹤。（參前書頁 899～900）
6. 藍撒洛和嘉拿赫德在女隱士門前分開後，來到一所老舊小教堂，看見裡面有一座乾淨絲綢坐墊布裝飾的祭臺，上有白銀燭臺點燃著，卻無入口可進去，便脫下頭盔佩劍在教堂前的十字架睡下。矇矓間有一輛馬拉車，載著一重病騎士到來。燭臺、白銀桌子和聖爵自行移動到十字架前，那聖爵即為先前在培里斯國王宮中的聖物。病懨的騎士爬上前觸摸神聖器皿，又親吻它，當下他便痊癒了。（參前書頁 925～926）
7. 追蹤嘉拿赫德時，帕斯瓦抵達柯賓城，見到傷殘國

王 (Maymed Kynge) 艾佛勒克 (Evelake) 在教堂裡領受聖體，此王三百多年前跟隨阿勒馬蒂之約瑟來到英格蘭，並追尋聖爵的下落，有一回因為太靠近聖爵，上主便令他瞎了眼睛。但後來有聲音說，在他第九代血裔騎士親吻他之前他不會死亡，屆時他可以重見天日，傷口復合。（參前書頁 934～936）

8. 藍撒洛和嘉拿赫德別離後，來到一座城堡，進到一個廂房前，因為他覺得室內就是聖爵所在，便跪下來，房門自動打開，裡頭強光照耀如同白晝，中央有一白銀長桌，上面放著用紅色綢緞蓋著的聖爵，旁邊有多名天使圍繞著，一名司祭在做彌撒，祝聖麵餅成為聖體 (Corpus Christi) 時，司祭手上好像托著三個人。藍撒洛擔心司祭負荷不了，打算進入廂房去幫忙，但在他挪近銀桌時，一股熱火吹得他臉上灼痛，人便跌坐地上無力，也失去視力和聽力。到了次日早晨，堡裡的人發現他躺在房門外的地上，後來他在堡內躺了二十四天才醒過來。（參前書頁 1022～1025）

9. 嘉拿赫德、帕斯瓦、博爾斯會合到了柯賓城，被培里斯國王和他兒子艾利雅沙 (Elyazar) 接待共進餐，不久另有九名追尋聖爵的外國騎士抵達，然後有一患病國王被抬進來。此時傳來一道聲音請沒有參加追尋聖爵的人離開，有一老人主教手握十字架，他所坐的椅子由四名天使抬起放在銀桌前，桌上放了聖爵。主教實為阿勒馬蒂之約瑟的兒子，亦名約瑟，騎士們大為驚訝，因為主教應已逝世三百多年了。

又有一批天使出現，其中一名拿著一根矛槍，矛槍流著血，滴在一個盒子裡，此天使用另一隻手捧著，有天使把長布巾蓋在盛器上，矛槍則直豎在盛杯上。主教開始做彌撒，祝聖麵餅成為聖體之後，便親吻嘉拿赫德，吩咐他也親吻同儕，並說：「耶穌基督的僕人們，你們可以在此桌前進食其他騎士從未有機會品嘗過的甜美食物。」（引自頁1034）說完便消失無蹤。惟此時受難的耶穌從盛器出來，傷口流著血，告訴騎士們他們所看到的僅是神聖隱密的一部分，並親自拿起神聖器皿，讓嘉拿赫德和他的同儕騎士都領受了聖體，他們都覺得聖體是難以形容的甜美。

受難的耶穌又告訴嘉拿赫德，盛器是他在巴斯卦節（The Passover，即逾越節）進食羔羊所用的盛碟，此靈物所有的景象要他們到了撒拉斯 (Sarras) 城才會看到全貌，又要嘉拿赫德帶著那聖物當下啟程，離開羅格利斯國，同時吩咐他帶走淌血的矛槍，用滴血塗抹傷殘國王使他復元。在祂給眾人祝福後便失去了蹤影。（參前書頁 1029～1035）

10. 嘉拿赫德、帕斯瓦和博爾斯三人到了撒拉斯，當地奸惡的國王把三人關在牢裡，但他自己後來害病去世，城裡百姓選了嘉拿赫德就任為王。一個週日他去瞻仰聖爵時，但見一主教做彌撒，旁有天使恭候。彌撒後他招呼嘉拿赫德，自稱為阿勒馬蒂之約瑟的兒子，由上主派來與他作伴，和他親吻後，在銀桌前跪下，一群天使便把他的靈魂帶到天國去。嘉拿赫德和他兩名同儕又眼見有一隻從天降下的手，把聖爵拿走，也把那根矛槍帶上天，此後無人再見到聖爵了。（參前書頁 1038～1040）

基督宗教隱喻

前述並非聖爵展現的所有場景，而是最明顯最直接出現在圓桌騎士面前的景況，普通騎士和世人只有聽見的份，卻無緣參見。至於在最精采最完整面貌的展露時（第 9 例場景），連柯賓國王培里斯和他的兒子，雖為有聖德之人，但因為沒有參加聖爵追尋的行列，便被空中聲音命令離開，足見聖爵顯靈有一定條件。

至於聖爵的追尋，願意歷奇的人多，但沒有足夠的德性，是不會被揀選執行任務。在傳奇中，聖爵的部分，不只增加亞瑟故事的玄祕性，也是騎士品性的最佳試金石。在漫長過程中，連亞瑟都未曾得見部分堂奧，表示在聖爵之前亞瑟與一般騎士無異，就如同高威，在尋覓當中，自知無望而放棄歷奇；亞瑟根本連出發去找都沒有，自然無緣得見聖爵的顯現。

倒是三名追尋的圓桌騎士在柯賓城的廳堂裡，見到另有三名高盧、三名愛爾蘭、三名丹麥騎士加入，他們分從異地趕來，為的就是和嘉拿赫德「同在這桌前共同分享聖餐」（參前書頁 1032），一方面表示聖爵所選的服務騎士，不限於英格蘭的圓桌騎士，也包括在異國蒙召的騎士，很有象徵意義，就如基督宗教的傳道，不限國家民族，要向天下萬國宣揚福音那樣。

在輕描淡寫中，馬羅里既點出圓桌騎士團在精神面的極限性，又暗示在別的文化和騎士圈裡，也有足堪比美嘉拿赫德、帕斯瓦和博爾斯等人的同儕騎士，這個插曲是馬羅里的創見，而為其他傳奇作者所沒有發揮的。

不過，即使那九名被揀選的幸運騎士，也只能目睹聖爵大部分的靈視，包括聽到受難耶穌的開釋啟示，不過已達到深度瞭解，以及見證聖爵和耶穌聖體渾一不分奧祕玄思的道理。此外，三名圓桌同儕，在靈性的造詣上雖然各有不同，再加上外來的九名騎士，恰為十二之數，象徵了耶穌的十二個門徒，自此天各一方，傳揚和實行聖爵神恩和基督的道理。

在整部傳奇接近尾聲的階段，聖爵的敘事，增添了故事性，搭配世俗思慮的同時又拉升騎士角度論述的超脫價值。但這種涉及品德和內省玄思的精神價值，每個人的領悟不同，故此聖爵又用不同的形式顯現。譬如第1、2、4、5、7例的場景都是間接或側面的展示，沒有人說得準聖爵如何出現，又聖爵的精確形貌為何，有時有一名少女捧著它，有時又沒有，經常空氣裡有芬芳的味道，又和豐盛的食物同時展示在場，即使只有彌撒中的聖體形貌，其實也是充足的精神和心靈食糧。

值得注意之點，若是普通的騎士（即非蒙召的騎士）太靠近聖爵便會受到傷害懲罰。在第 3 例裡，艾克塔和帕斯瓦同時受到聖爵的恩寵把傷勢療癒，但卻只有帕斯瓦看見一名少女捧著聖爵現身，艾克塔雖然也是圓桌騎士，卻連少女都沒看見，更不用說聖爵本身了。

第 6 例和第 8 例的情況，都是藍撒洛的經歷，他看到祭臺和上面的聖爵，也看到傷殘國王因著聖爵而暫時療傷，但他無法看清楚聖爵的確切形貌，而且在他執意趨近聖爵時，反為神力所擋至昏迷多日，表示他是有罪之身，不能隨意接近神聖的器皿，然而上天仍然厚待他，讓他看到部分的神蹟，以及聖爵所涉及的歷史人物，此人其實和他有血緣關係。這些都是三名聖爵騎士以外之人所沒有的特別恩寵，顯示藍撒洛固然獲罪於天，但上天沒有放棄他。

至於第 9、10 例情況，是聖爵完成在俗世任務的訊息，它的返歸天國，只讓純潔有賢德的騎士參與，因為聖爵除了宗教的喻示之外，也是騎士精神最高境界的代表物，它的尋獲和離去，只留給有聖德的騎士來見證。

嚴選三人小組

在本質上，聖爵的追尋闡明了騎士歷奇的兩個層面：俠義和宗教生活，也是《亞瑟王之死》故事核心關注點。所有的聖爵騎士都具有兩重身分：優秀的騎士和優秀的基督徒；簡單地說，他們充分發揮世俗的兄弟之情（包括同袍情誼），也彰顯了世間的道德準則。

關於兄弟之情，博爾斯是最好的例證，他的兄長黎安尼因氣憤他先營救被劫走的處女，沒有先營救自己，故此他要殺害博爾斯洩憤，中間有一名司祭後來又有一名圓桌騎士出面調解，都分別被殺害。博爾斯雖然可以戰勝兄長，但他不願出手，寧願被殺，因為他不想冒殺害兄長的罪名，而且他真誠地愛他的兄弟。幸而空中有個聲音叫他逃跑，不要讓自己無端送命。博爾斯因這份兄弟之情，並避免身陷搏鬥成為兇手，義理情誼於此發揮得淋漓盡致。

至於道德基準，三名聖爵騎士從任何角度來看都是模範生。首先是嘉拿赫德，他的一生幾乎是一塵不染的純潔，性格心術和思言行為毫無瑕疵可挑剔，是找尋聖爵的最佳領航人物。說到帕斯瓦，一樣是賢德聖潔，雖然受到誘惑，在山崖邊遇到魔鬼的色慾試探，在險境中仍然保持處子之身（參前書頁 944～947）。至於博爾斯，大體上避開私慾偏情，只有一次失身，後來便生下了素白之伊仁（Elyan le Blanke，參前書頁 970）。

三人在全體圓桌騎士中，就如高威夢境裡所見，草坪上的一百五十頭公牛，除了三隻全都是黑色，這三頭公牛，二頭全白，另一頭白中帶有黑點。兩頭白公牛代表了嘉拿赫德和帕斯瓦，有黑點的白公牛即為博爾斯。根據替高威解夢的隱士之言，黑色代表了「欠缺美德和善功」，惟三名聖爵騎士都具童貞和貞節的表記，而且也沒有驕傲的痕跡，基於這些德行，在眾人皆醉之中，三人獨醒，可以參與聖爵的神蹟。

此外，在第 9 例的情況裡，聖爵最關鍵的部分和附帶靈物已一併交代清楚。滴血的矛槍其實重現了十字架上的耶穌，被一名羅馬士兵用矛槍刺穿肋旁而流血，天使手上的矛槍即代表當日的矛槍，所滴的血則為受難耶穌的血，是為聖血或稱作寶血 (sanguis preciosus)，矛槍滴下的寶血遂有神效，故此傷殘國王便被治好。另外，盛器為在巴斯卦節耶穌最後晚餐用過的盛碟，但同時也在顯靈的場合裡裝載聖體，因此，神聖器皿在形式和實質上已和耶穌連成一體，這也解釋了它的靈效和奧祕的意義。

聖爵的奧祕

聖爵的奧祕在第 9 例情景裡，還發揮更高層次的意義，也就是解釋了彌撒的奧祕，透過故事的結構，宣示神學的題旨，而不只是視覺或幻想的奧祕。

其中的實景是彌撒由一名主教主持獻禮，眾天使只做預備工夫，恭候在旁，可見主教在祭禮時的地位。身為司祭的主教實在扮演耶穌代理人的角色 (vicar of Christ)，所以他的權能在天使之上，但他畢竟不是耶穌，因此在他祝聖麵餅成為聖體之後便退下消失，而耶穌親自從聖體的盛器中出來，告訴嘉拿赫德和他的同儕聖爵的淵源和意義，又讓他們領受聖體，分享聖爵中的神聖食糧，就是耶穌的聖體和聖血。

準此，聖爵的重要性不是因為它是聖物，而是因為它呈現了耶穌的靈在 (presence)。以此衡量，能夠看到聖爵全貌（而不是用絲綢蓋著）和找到聖爵所在的騎士，即表示他們獲得相當高水準的精神成就，為所有亞瑟騎士夢寐以求的理想。

嘉拿赫德非凡登場

三名聖爵騎士中，在靈性和俠客作為造詣方面，當以嘉拿赫德為首，因為無論是騎士活動的功績或和聖爵的關係，都以他最為特出，接近聖者的型態。他雖是圓桌騎士的一員，卻在俗世的熙攘中，出淤泥而不染。他的冊立，沒有隆重的儀式，而是由十二名把他養大的修女帶到藍撒洛面前推薦，次日在聖神降臨節早上六時由藍撒洛將他冊封為騎士（參前書頁 891）。即使這麼隨筆式的描述，也點出他接受過優良的教育，包含騎士的基礎教育。又因為有修女的培育，他對陰柔纖弱的性格和反應，具有超過大男人主義騎士們的同理心，也保證他不會忽略弱小。

另一方面，在清早修女群中接受冊封，甚至冊立後也不馬上跟隨藍撒洛去卡密諾共享慶典，表示他謙虛的性格，不理會世俗的虛假光榮。然而過後幾個鐘頭他還是出現在卡密諾宮裡，因為那天是教會非常重要節日的聖神降臨節，這天正如藍撒洛的預言：「今天就是聖爵歷奇之日的開始，聖爵即為神聖的盛器。」（引自頁893）雖然說話的地點是在卡密諾，但不是由亞瑟來宣布，卻是藍撒洛聲稱當日為聖爵歷奇的開始日，好像有喧賓奪主的嫌疑，但聖爵本來就和藍撒洛的家族淵源至深；由聖爵的族人宣布此事，亦屬得宜，只不過當時在場的人，沒有一個人懂得其中的喻意。

當日早上彌撒後，眾騎士試著抽出浮石上的劍，都掃興返回餐桌前，除了「危險席」外各人分別就座。忽然間宮中所有窗戶都自行關上，但大廳卻沒有暗下來，一名身穿白衣的老者引領著嘉拿赫德進場，不過無人說得出他們是怎樣冒出來。老者向亞瑟王引介說這名年輕騎士「有皇族的血統，也是阿勒馬蒂之約瑟的後裔，他的現身此地，宮中和別國的奇景異象就此可以得到完全的應驗了。」（引自頁 894～895）

藍撒洛本來想親自引薦嘉拿赫德給亞瑟王和眾騎士，但那是一般世俗的做法，如今不只是由一名和善老騎士帶到宮裡來，而且進場時還有異象，情景非凡，加上老者還告訴眾爵卿嘉拿赫德的血統以及與阿勒馬蒂之約瑟的關係，亦即與聖爵的關係，令在場所有人都動容震懾，嘉拿赫德首度現身在騎士世界，可視之為主顯 (epiphany) 的前奏，亦即促使騎士們頓悟，前方還有一個值得探尋的世界。

事實上白晝窗戶自動關閉而光線猶在，已替嘉拿赫德宣示他身分的特異，也因為他的來臨，在他取得浮石上的劍之後（等於再次認許他的身分），在宮中眾騎士和亞瑟進用晚餐時，聖爵竟在大廳顯靈出現，沒有嘉拿赫德坐上「危險席」，預言便無法實現，聖爵就不會出現在卡密諾，圓桌便不能成為俗世和精神境界令人豔羡的對象。嘉拿赫德帶給亞瑟騎士一個全新的開始，也把亞瑟宮中俗念和雜念暫時擺到一邊。

另一方面，嘉拿赫德的背景很快便傳遍後宮，此事由關妮薇皇后說出來，更別有意義：

> 此子是當世來自各方所有人之中最優秀的騎士，出身門第也最高貴，因為藍撒洛騎士就是來自我主耶穌基督的第八傳的後人。而這名嘉拿赫德爵士即為我主耶穌基督的第九傳後人。因此我肯定的說，他們是現世中最高貴的上流人物。（引自頁899）

關妮薇不只代表宮中所有的貴婦淑女，也是亞瑟王的另一半，也等於表達卡密諾上流社會的認知，不過，她所關注的大致上只是世俗思維的高貴騎士、神勇和俊俏的外貌而已，但嘉拿赫德超脫的聖德和替聖爵鋪路構成預兆，卻沒有被關妮薇等人所參悟出來。因為關妮薇和一般騎士所瞭解的是凡間世俗的愛，具有神思超拔的聖愛根本不在他們的心思範圍內。

嘉拿赫德的真正身分

太過從世俗眼光來看聖爵的預兆先行者，還會帶給不明就裡他人想法的混亂。譬如關妮薇說嘉拿赫德是耶穌第九代的後人，像是說耶穌結婚生了子裔。雖然她一定沒有搗亂誣衊耶穌基督不外是飲食男女一員的用意，但對外行人來說卻有顛覆基督宗教教義的後果，在用心提振嘉拿赫德身分地位時，卻做了對基督宗教反效果的闡揚，一如她的私德違反了基督宗教教義那樣。

用同樣的塵世出發點，關妮薇和宮裡的貴婦們都反對騎士們出征去找尋聖爵，還不以為然地說：「我很驚訝……我主王上居然可以忍受讓他們離去。」（引自頁901）看起來聖爵似乎和亞瑟朝中的貴婦無緣，因為她們根本不懂聖爵的真諦，故此也把耶穌和阿勒馬蒂之約瑟混淆不清。嘉拿赫德真正的身分還要靠兩名騎士來證實，不是由道聽途說的宮中婦女去證明。

首名驗證的騎士為引領嘉拿赫德到卡密諾的長者，他在廳堂出現異象之後，說嘉拿赫德「有皇族的血統，也是阿勒馬蒂之約瑟的後裔……」（引自頁894）另一人為打敗圓桌騎士巴格德馬古斯 (Bagdemagus) 的白衣騎士，他把阿勒馬蒂之約瑟的歷史和系譜做了詳細的說明（參前書頁907～910），又說明嘉拿赫德剛贏取的盾牌，就是阿勒馬蒂之約瑟的兒子，透過撒拉遜國王（受宣導而改奉基督宗教）留存下來的靈物。此騎士特別引用約瑟兒子的話：

> 那位優秀的騎士嘉拿赫德來臨時，才可帶它〔盾牌〕在身上，他是我系譜中最後的子裔，盾牌可掛在他脖子上，在他身上還會應驗很多神奇的事。（引自頁910）

嘉拿赫德是約瑟之後而不是耶穌之後，把釋疑的話說完，那白衣騎士便消失了。

如果關妮薇把耶穌、聖爵和嘉拿赫德的神格、人性和人倫關係攪亂弄糊塗了，兩名騎士就先後出來正名澄清，而且後出現的白衣騎士即使不是神人，也是有異稟賢慧之士，很清楚理智地把關係定位。阿勒馬蒂之約瑟是耶穌的傳人，不是子裔，故而嘉拿赫德也是耶穌的傳人，不是子裔後人。

經過兩名正牌騎士（代表了榮譽和正義）的說明和確認，嘉拿赫德此時手上已有奇妙的劍和神盾，加上本身的德能，便光明正大領軍到撒拉斯城去，尋找即將離世的聖爵。到了撒拉斯，在置放聖爵的祭臺前，他和另外的同儕騎士一起參與阿勒馬蒂之約瑟兒子的彌撒，彌撒後約瑟招呼嘉拿赫德說：「耶穌基督的僕人，你將會看到渴望已久的東西。」（引自頁1039）在後者領過聖體後，約瑟又告訴他彼此有兩點相似，其一是他們都看見了聖爵神奇的顯現，其二是嘉拿赫德和祖先約瑟都保有童貞。

在目睹他先人靈魂升天和看到聖爵收回天上之後，嘉拿赫德也隨著他祖先安詳棄世，完成基督的僕人也是聖爵先行者的使命。而帕斯瓦雖然沒有同時棄世，但為表示對嘉拿赫德的情誼和對聖爵的敬畏，他留在當地過了一年多的隱修生活才離開人世，在精神上完成他對聖

尋獲聖爵之壁毯　博爾斯與帕斯瓦被三位天使（一位手持命運之矛）阻擋，只能在遠方觀看聖爵，嘉拿赫德則來到祭臺前，白百合象徵他的純潔。伯恩瓊斯 (Edward Burne-Jones) 作。

爵和圓桌騎士的情義。

可望不可及之神聖領域

約瑟在世最後時刻所說的兩件事，第一點肯定了他與自己直屬後人均為處子，表示他是嘉拿赫德的親族叔伯祖，另一點則再次證實只有過著貞潔生活的人才可找到聖爵，才可看到聖爵全貌，聖爵的神力才會顯露出來。按照中古歐洲人的想法，貞潔是精神生活和肉體生活的分界線，較之其他德行更為修鍊聖徒或聖善生活的必要條件；在傳奇故事裡，隱士都是過著清心寡慾的獨身生活。

至於聖爵的追尋，一旦發動起來時，亞瑟王圓桌兄弟之情便開始消退；換一個角度來說，若要開始追尋聖爵，以獲得聖愛為人生目標，騎士的兄弟之情，亦即塵世的情義便會被取代，漸漸消失於無形。聖爵同時也代表了人生終極之目標，雖然許多騎士和貴婦不瞭解它的深意，以為只是另一種俠義的歷奇而已。但若沒有高超的聖愛，人間的情義就不足珍貴，徒留自我意識的空殼而已。

對絕大部分的騎士、貴婦和民眾來說，聖爵代表了奇蹟和特殊恩寵，事實上聖爵的確有這些功能。奇蹟又分生前和死後兩種：藍撒洛瘋癲的治癒、帕斯瓦和艾克塔垂危的療癒、傷殘國王的治療延命，甚至是藍撒洛在睡意正酣無力掙扎挪動身軀時所看到的奇景，以及最後時刻，在眾天使圍繞下，有一隻手把聖爵和滴血的矛槍帶到天上去；還有在單純的空氣中充滿芬芳氣味，桌上出現無盡的珍貴食物和飲料，既是神視也是聖爵帶來有形的神蹟例證。

至於在銀桌祭臺前獻彌撒的司祭，好幾次都顯示為攜帶聖爵到英格蘭的阿勒馬蒂之約瑟的兒子，亦名叫約瑟的主教，是三百多年前的人，無論他本來已逝世，或活到等待嘉拿赫德的出現，都是奇蹟一樁。很像《聖經》裡的虔誠義人西默盎（Simeon，〈路加福音〉2:25－35），活了一大把年紀，等待看到默西亞(Messiah) 耶穌才棄世的模式。

如此描繪聖爵出場的情況，恰如中古時代歐洲許多聖人顯靈的機能，有些是在聖人生前，有些是在他升天之後，顯靈或顯奇蹟之目的不外表示聖人已進入聖化的生命，與造物主同享天福，有超凡能力照顧世人。聖爵象徵了耶穌基督的代表物品，故此侍奉和照顧此物之人，必須是聖潔無瑕又深具尊崇地位之人。聖爵既然不是凡物，自然只顯露給貞潔的有緣人，在聖爵騎士之外，其他圓桌騎士雖然高貴卻難以符合聖徒的準則，無緣親近聖爵；此物待嘉拿赫德完成見證之後便返歸天國，亦屬感嘆聲中意料中之事。

藍撒洛和關妮薇的餘緒

在尋找聖爵期間，經過一名隱士的開導，藍撒洛本已過著簡樸單純的生活，但回到圓桌的團體，他和關妮薇又私會頻繁，宮中多人議論紛紛，高威的弟弟阿格勒威 (Agravain) 尤其有針對性的意見。為了避嫌，藍撒洛花了許多時間在外守衛各地的貴婦淑女，但卻惹得關妮薇生氣，把他趕出宮中。

關妮薇為了表示她對所有騎士一視同仁，沒有特別偏愛藍撒洛，便特意宴請二十四名圓桌騎士。其中一人和高威有宿怨，在一個蘋果中下毒，打算把喜歡吃蘋果的高威毒殺，不巧此蘋果被另一騎士吃了而暴斃。他的表兄弟門廊之馬鐸爾 (Mador de la Porte) 便認為女主人關妮薇謀害人命，要求與任何替皇后做守衛戰士之人比鬥解決恩怨，不然皇后便要為殺人罪受火刑伏法。

在亞瑟的年代，如有紛爭除了由上位權威人士做仲裁外，若事況不明，或審判有爭議，又或有利益衝突時，碰上有身分地位的當事人，一旦挑戰審判方式，便要另行解決。門廊之馬鐸爾因為有騎士身分，便要求給予騎士間的禮遇方式解決，也就是在馬背上用矛槍比鬥，勝者表示有理，輸者表示理虧，需要受刑。仲裁官亞瑟因為是關妮薇的丈夫不宜替她出戰，且皇后不是騎士，無法上馬比鬥。宮中所有騎士包括當日受宴請之人，都以為關妮薇大有可疑，不願挺身，許多騎士告訴博爾斯：「我們愛護他〔亞瑟王〕也尊敬他，不下於你，但說到關妮薇皇后，我們不愛她，因為她是優秀騎士的毀滅者。」（引自頁 1052）

另一方面，審判時所訂下比鬥的日期近在眼前。博爾斯遂悄悄地把消息告訴藏身在他處的藍撒洛，經過一番比鬥，藍撒洛打敗馬鐸爾替皇后清洗汙名，宮裡歡迎藍撒洛返歸，而湖上少女尼霓芙剛好也到宮裡來，便公開宣稱皇后無辜，還說明事情的原委。後來透過藍撒洛，馬鐸爾獲得皇后的原諒。

皇后的醋意

整個事件其實起因於關妮薇的疑心和不滿。藍撒洛獲知因自己的罪無法尋得聖爵，他也答應為他解夢的隱士此後不再犯姦淫之罪，但回到宮裡還是按捺不禁犯罪，引起非議。他替別的貴婦挺身作戰，為遠離是非的策略，但關妮薇卻認為他不夠專情，生氣把他趕離宮中，為掩飾對藍撒洛的在意，才在倫敦大宴群臣騎士。

藍撒洛是在非常洩氣又無辜中力挺關妮薇，在所有騎士都放棄為她效勞時，仍義無反顧地賣命比鬥，如要說愛情的忠誠、專注和包容，兩人的表現高下立判，皇后雖然並非置藍撒洛於不顧的情人，不過她總是比較情緒化。

亞瑟宣布另一大節日要在卡密諾舉行比武，他會和蘇格蘭王連袂對抗任何參賽者之後，他邀皇后同行，皇后說身體欠安不同行，而藍撒洛也不擬參賽，使亞瑟滿不高興。後來皇后叫藍撒洛不要讓敵視他們的人有見縫插針的機會，藍撒洛遂隱姓埋名去參賽。途中在阿斯科辣 (Ascolat) 城借宿時，因拗不過堡主女兒的哀請，便同意出賽時在矛槍上掛一片少女紅衣物的標記，因為少女戀上藍撒洛，甘願為他做任何事，但藍撒洛卻絕不接納她的愛意。

比賽時因為他要隱瞞身分，與亞瑟陣營對抗，不意竟被博爾斯在混戰中所傷，後來他的真正身分被揭露，傳回皇后處時變為他雖受傷，卻在比鬥時配上別的女性的標記，這是藍撒洛從未有過的做法，因此被解讀成為他愛上了別的女性，為她出戰。關妮薇於是怒不可遏，不肯原諒藍撒洛。

不過後來阿斯科辣少女因抑鬱而終，她的遺體被放在船上漂流而下，手上握有因愛而逝的始末書信，亞瑟和皇后憑信始瞭解真情，皇后知道冤枉了藍撒洛，便懇求後者原諒。藍撒洛只輕描淡寫地說：「這並不是第一次如此……你毫無根由的對我產生不滿。但，夫人啊，我永遠都會讓著你，再大的悲傷我都會忍受，你就不要介懷。」（引自頁 1090）這樣的回應，不只表示他已原諒關妮薇加諸他的冤屈，也表示他深明愛的真諦，包括了忍讓、諒解和保有對方的名譽。

雖然前後這兩個事故，都是關妮薇過分情緒反應所致，但也反映出關妮薇太在意藍撒洛的表現，和她自己在這一段戀情中脆弱的一面。在這個典型宮廷戀情事例中，不只說明了慾念有壟斷性，也支持古代哲人認為愛情具有擴張或膨脹的力量，但在女方對男方產生熾熱的愛意時，可能帶來暗黑的一面，會造成威脅男性心靈的危險，或腐蝕男方的心志。當然也有光明一面的女性，如湖上少女尼霓芙和爾里爵士妹妹斐莉萊，帶給夫婿歡樂又幫助他們成長。

失序的愛情

對於關妮薇名譽的保障和人身安全的維護，藍撒洛自始至終不遺餘力，而在另一次事件中，很諷刺地藍撒洛贏得了囚車之騎士的綽號。此事起因於梅歷岡斯 (Mellyagaunce) 把關妮薇擄走，藍撒洛得知便急馳營救，路上他的坐騎被梅歷岡斯指派的弓箭手射殺，便只好委屈坐上裝載木材和囚犯的馬拉車，所以事後被稱作囚車之騎士。

在梅歷岡斯堡內，夜裡藍撒洛因為要和關妮薇幽會，便用手拉開皇后房間窗戶的鐵柱，不幸割傷手腕。第二天早上梅岡歷斯貿然掀起皇后的床鋪，看見被單沾滿血跡，便指控皇后與路上保護她而受傷的騎士有不軌行為，到亞瑟面前控訴此事；藍撒洛雖為梅歷岡斯用奸計所囚困，但他脫困後便趕到刑場和梅歷岡斯比鬥來澄清皇后的名譽，最後殺了梅歷岡斯。

奸徒雖然除掉，但謠言早已滿天飛，藍撒洛至親和最可靠的心腹騎士其實很清楚藍撒洛畸戀的後果，當意志無法克服慾念時，理性的判斷便形同虛設，一樁叫人豔羨的愛情會變得令人側目，甚至成為醜聞。藍撒洛和關妮薇的互相吸引，互相陷入誘惑，缺少了節制、剛毅、和廉恥，便難以維持公義，而騎士責任之一便是秉持正義來彰顯榮譽，放棄這個守則便等同丟掉武器上沙場作戰，難以抗敵，更難以對付心魔。

就像帕斯瓦面對裝扮成美女的魔鬼之誘惑時，如果不是他在緊要關頭劃上十字架標記的話，差一點便中計。但藍撒洛和關妮薇密會時，兩人的私慾佔據他們的心靈，精神面便遠離他們而去，等於放棄了靈性理想。

不倫戀終於曝光

紛擾結束後，藍撒洛和皇后的戀情行為卻沒有停止，阿格勒威終於向亞瑟王告狀，說明他們兩人私通；亞瑟也同意找出證據，於是傳話要到外地打獵並在外留宿。與此同時，阿格勒威和莫得傑帶領十二名圓桌騎士伺機埋伏。

當晚關妮薇召叫藍撒洛到她房間去，雖然博爾斯勸阻，藍撒洛仍執意只提單劍便赴會。就如馬羅里委婉的說詞：

> 皇后和藍撒洛爵士兩人便聚在一塊，但究竟他們是共榻同眠還是有其他方式的樂趣，我不想多加描述，因為愛情在那個年代的表現方式是和現在有所不同。（引自頁1140）

兩人沉醉於他們的愛情時，阿格勒威等人便在室外大叫「奸賊」，驚動城堡裡所有的人，然而藍撒洛憑他的謀略和勇猛殺死了阿格勒威和十二名騎士，還打傷了莫得傑，他的本意要帶著關妮薇一起逃跑，但後者說：「要是他們要把我處死，你再以你最佳的法子出手救我也不遲。」（引自頁 1144）藍撒洛只得獨自離去。

亞瑟打獵外宿是在阿格勒威煽動下的行動，表示他的疑心已超過對關妮薇和藍撒洛的信任。另一方面他對藍撒洛也有所顧忌，內心必然矛盾。這次藍撒洛不理博爾斯的規勸，主要是他不想讓關妮薇生氣，可見二人的戀情發展到這個地步，關妮薇扮演著重要角色。

藍撒洛和皇后的事件已完全公開，因為多種證據和眾多圓桌騎士被殺，混雜在不捨和憤怒之間，亞瑟必須宣判關妮薇受刑。關妮薇和藍撒洛分開時，她固然知道這次後果嚴重，但仍存有僥倖之心，猜想亞瑟未必下重手，但這個事件的確構成亞瑟、關妮薇的戀情和亞瑟宮廷的重大轉捩點，既是私事也是公事，而且還是國之大事。

故事演變到這階段，重要人物角色的表現都是直接和情緒化。高威此時即使忍著喪子之痛，仍勸亞瑟三思不要急著把關妮薇定罪判火刑，但亞瑟心意已決，皇后必須伏法，而且如果他「能捉住藍撒洛爵士……他將會獲得不光彩的死亡。」（引自頁1150）這些想法和決定，一個牽連一個，成為連鎖反應，終於導致悲劇爆發。

圓桌騎士分裂、開戰

關妮薇要受火刑的消息很快傳到藍撒洛耳中，就在行刑的當天藍撒洛便領軍去劫法場。在衝撞時殺了許多擋路的騎士，同時也在忙亂中誤殺沒有穿盔甲的高希利斯和高瑞斯；兩人都是高威最疼愛的弟弟。藍撒洛也就把皇后劫走帶到歡樂衛城去。

這樣一來不只宣告和亞瑟翻臉叛變，也把亞瑟的榮譽和王權踩在腳下，圓桌騎士團儼然已是分裂，而且高威本來是藍撒洛最佳盟友，現在卻成死敵，因為高威對兩名弟弟的鍾愛勝過兩名被殺的兒子。圓桌中固然有許多人站在亞瑟這邊，也有一些因為親緣和恩惠以及友情的關係力挺藍撒洛。大戰的風雪已成，兩大對抗的陣營已成定局，但此時藍撒洛卻深陷在對關妮薇的忠情和對亞瑟的忠心之矛盾中，他是最不願意打這場仗之人。

為了正義和復仇，亞瑟和高威遂率領大軍圍攻歡樂衛城。開始時雖然高威叫囂辱罵，藍撒洛也不願離城戰鬥，支持者雖然力勸他要開城門拼個高下，但為了對亞瑟的敬意和不願傷害高威，彼此只是圍城數月，沒有戰鬥，後來在不斷受激怒下，藍撒洛終於策馬出城和高威大戰，打傷了後者使他臥床多時，惟高威報仇心重，每次戰事中都特意和藍撒洛擊鬥，但都受傷鎩羽而歸。

在戰役中討不到便宜的亞瑟傾向接納和解，但倔強的高威強烈反對。後來雙方按照教宗的指示，藍撒洛要送還皇后回到亞瑟身邊，雙方停止戰鬥，藍撒洛於是和他的同儕回到法蘭西。不過暫停戰爭卻沒有帶來和平。執拗的高威只給藍撒洛十五天離境，並堅持亞瑟要維持尊嚴，即使在英格蘭不能開戰，他們仍應率兵渡海攻打在法蘭西的藍撒洛。

其實在亞瑟帶兵圍擊歡樂衛城時，圓桌騎士團已告終了，因為分裂的團體就是自我毀滅的開始。圍城攻打的結果，雙方菁英的騎士都有損傷送命，彼此裂縫加深；戰爭越久，仇恨敵意越深。此時兩方陣營已沒有騎士同儕的情誼，也沒有圓桌的榮耀和自豪。亞瑟雖然知道繼續戰爭對自己沒有好處，也對他的騎士和民眾無益，奈何他卻讓高威扮演重要角色，在主戰方面，取代了自己的主張和權威。

戰爭的氣焰成了此時亞瑟朝廷的標記，而先前朝廷所代表的浪漫宮廷愛情已完全消逝了，高威的驕縱和惡毒的恨意固然清楚浮現，藍撒洛此刻也從一名情人變為武人戰士。亞瑟朝廷只剩下暴戾之氣，而亞瑟此時竟然變得懦弱，任由下屬強行擺布，不只未能知人善任，簡直是放棄自己的王權。

莫得傑篡位

亞瑟渡海攻打法蘭西無功且大為折損人員兵馬之際，他指派的監國莫得傑在英格蘭同時向關妮薇逼婚，而且正式竊國即位，獲報的亞瑟，便名正言順擺脫高威的挾持，帶著已受創的愛甥高威匆匆回國。事實上是遇到一個新危機，卻反諷地解決了舊危機。而這個危機很大程度和關妮薇有關，雖然不是關妮薇主動挑起。

在實情上，亞瑟王已是第二次攻打藍撒洛，但都是落空無果。亞瑟代表了整個圓桌騎士團和朝廷，藍撒洛則為圓桌騎士中最威武最無敵的一員，但畢竟只有一員，雖然影響力強大，不過一員卻牽制了全員（部分對上整體），使卡密諾忽然失色。而這個牽制的部分又和整體中的一個重要部分——皇后有所牽扯，因為這方面的瓜葛而產生事故，使亞瑟所代表的整體，放棄處理部分帶來的問題，而必須面對更為迫切的朝綱和國運延續問題。

其實在莫得傑竊國叛逆的噩耗傳來之前，藍撒洛曾差遣使者到亞瑟處，建議和解，並願意自我放逐在修道院做功德。但因為高威的專橫阻擋，亞瑟也順從他的執拗，和解始終無望。亞瑟面對再次崩潰的婚姻、陷入覆巢的國祚和所有隨軍人馬的補給安危，急速放棄對班威克國的圍城，帶著一批士氣低落的殘勇，回到英格蘭再度投入殲敵的戰爭。

尾聲

莫得傑叛國叛逆之舉，發出正義之聲的最重要人物便是坎特貝里的主教，他的譴責同時把莫得傑不光榮的背景和盤托出，目的不是羞辱而是要莫得傑懸崖勒馬，其實也是馬羅里認為騎士應有的基本倫理規範，借主教的嘴巴直接對莫得傑說：

> 爵士……你是要先得罪天主，然後羞辱自己和整個騎士團嗎？難道亞瑟王不是你的舅父，又不是遠房還是你母親的弟弟，他和你母親一起把你生下，是與他自己姊姊生下你，不是這樣嗎？因此，你怎麼可以娶你父親的妻子呢？……放棄這念頭，不然的話，我便用聖經、鈴鐘和聖燭來詛咒你。（引自頁 1187～1188）

主教說的不只是莫得傑的出身，還包括了他的家族醜聞，間接公布了亞瑟的罪孽，無法在最重要關頭得到天助人助的緣由；主教這番話同時也提醒了整個騎士團要謹記恥辱。

故事發展到這個階段，成了天道和人道的交會和撞擊點，也可說是因緣契合和不契合理由的交代。按道理莫得傑難獲大量的支持，在亞瑟班師回朝時便潰不成軍。不過莫得傑卻在軍民間凝聚一個聲音，稱亞瑟「從來不管百姓的生活，只管打仗和爭霸，而莫得傑爵士卻給民眾歡欣和幸福。」（引自頁1189）亞瑟在莫得傑蠱惑之言的宣傳下成了昏君，受過亞瑟拉拔冊封的人都不替亞瑟說好話。

於是亞瑟復國之師和莫得傑叛國之軍便在多佛港展開首遇戰，雙方傷亡慘重，但亞瑟之師成功登陸，高威卻被擊中頭部舊傷而命在旦夕，高威於是寫下一信，簡述莫得傑叛國及挾持關妮薇逼婚，請求藍撒洛原諒以往過錯，並請藍撒洛渡海探視他的墳墓。幾個時辰後高威便斃命，信隔海送出，而王軍稍得進展西移，但莫得傑繼續招兵買馬，也有一些愛戴藍撒洛的騎士倒向支持莫得傑。這並非表示後者有什麼值得他人擁護之處，而是這些人不想看到亞瑟的部隊與藍撒洛為難，所以選擇成為亞瑟的敵方。

如果天理昭彰的話，那些人給予莫得傑助力，不表示上天的安排，而是上天對亞瑟以往過錯的警訊，他已漸失民心，在處理殺戮戰爭一事上，甘願成為弱智，增加部屬喪亡的數目。不過一天夜裡他夢見高威，後者告誡他翌日不可和莫得傑作戰，無論如何要把戰事延後一個月，到時藍撒洛會趕來助他收拾殘局贏取最後勝利。

第二天兩軍本來約定在梭斯貝里 (Salisbury) 附近簽停戰之約。可惜巧合有一條蛇出沒咬了一名騎士一口，此人貿然拔劍斬蛇，卻被對手誤以為戰爭開打，於是一發不可收拾，慘絕人寰的大戰爆發，雙方幾等於全軍覆沒，剩下主帥。亞瑟忽視高威的警告，要他不可於這天和莫得傑打鬥，但他仍衝過去給後者致命一擊，然而他也承受了要命的頭部擊傷，即將斃命；在他命令貝德威爵士把艾斯卡理伯寶劍丟進湖裡之後，便有三名皇后，包括摩根勒菲坐船而來，把瀕死的亞瑟接上船往阿法隆去醫治，自此便不見亞瑟蹤影。

亞瑟王之死　阿法隆島上，摩根勒菲正翻閱魔法書，尋找為亞瑟王療傷的方法。阿法隆為傳說之地，在威爾斯是極樂世界的別稱。詹姆斯·阿徹 (James Archer) 畫作。

從本來拖延戰事一個月的戰略，到亞瑟最後一役，而至他的垂危搶救，馬羅里的敘事節奏快速，戰爭把三個傳奇裡最重要的人物置於不同的空間，好像各自為政：藍撒洛遠在法蘭西的班威克國，惱恨又孤絕，根本不知道多佛港和梭斯貝里慘烈的戰況；亞瑟則在梭斯貝里的沙場作生死鬥，身受重創還要鼓舞凋零的群雄；而關妮薇為了逃避恥辱，自我隔離困在倫敦塔內。圓桌的分子雖存，但三片最重要的板塊卻無法湊在一起，實質上已蕩然無存。

不過馬羅里採用開放式 (open-ended) 敘事結構處理亞瑟的未來和去向，畢竟他是圓桌的精神領袖和世俗王國的代表人物，他的離去等於昭告天下兩者的存廢，故此亞瑟最後的行蹤不是用直描法，而是採取影射暗示。

貝德威目送亞瑟乘船離去之後，徹夜在森林裡闖蕩，有如守夜陪伴那樣，只不過他沒有停留在某個定點，卻是整夜清醒，後來到了林中一隱士居所，見到一新墳，隱士即為莫得傑所追逐的主教。隱士稱夜裡有數名貴婦帶來一具屍首，央請他埋葬，並奉上蠟燭和祭禮金幣，隱士稱他也不知死者是誰，以亞瑟和主教的社交經驗和見聞，主教也說不出是何人的身體，表示屍身和面容可能受了相當的毀損而難以辨認，不過貝德威卻斷言說：「那屍首就是我的主人亞瑟王了，現在躺在你這小教堂的墳墓裡。」（引自頁 1201）說完後，貝德威便昏厥了。

上面兩句話是全書唯一可以指出亞瑟已亡故的證明，而貝德威也是綜合所有已知的情況，加上他是最後看到亞瑟仍活著的圓桌騎士，有一定的可信度，但不管怎樣，都不是直接證據，這種令人存疑卻又有高度推理的真實性描述，便形成此故事開放式結尾，令人迷惑，也教人好奇追尋後面的發展。至於亞瑟遺言要到阿法隆谷去療傷，若此後再沒有他的訊息，便請為他靈魂禱告等語，格外有玄虛感。

最後一瞥

根據貝德威和主教隱士的認定，亞瑟王已死，而高威先他而去，惟亞瑟已亡卻少有人知道。藍撒洛趕到英格蘭時，馬上到高威的墓地拜祭，並給所有從城市和鄉間來弔唁的人布施贈賑，使高威之名備受哀榮，這是對高威身後榮譽的禮敬和肯定，而且階級遍及各高低層級，又捐出一百鎊為他獻彌撒，同行的一千名騎士都各自捐獻為他做彌撒。

高威最後的日子裡，藍撒洛雖和他結怨，但這個怨其實是他對兩個弟弟摯愛的反映，也是兄弟情被剝奪和引以為傲的榮譽感之失落。藍撒洛如今所做的事，在不知他們間有怨恨的人看來，是友情至高的表現，也是圓桌同儕情義極高的表現；但知道他們曾是死敵的人，便能看出藍撒洛不計前嫌的胸襟以及同儕情誼的包容。

「紅顏禍水」怎麼了？

對高威的哀悼告一段落，藍撒洛便四出尋找關妮薇。此時關妮薇已和數名貴婦進入一座修道院避開塵世。經過多時的探尋，藍撒洛終於來到關妮薇所在的修道院。關妮薇首先發現了他，即時昏厥了三次，如果不是過於興奮，便是情海翻波，表示她深情埋在心裡已久。醒來後便叫貴婦請藍撒洛到跟前說話，當著眾人的面，自承因為自己和藍撒洛的愛情，導致國家大戰分裂，她高貴的夫君被殺，如今在修道院為的是醫治靈魂，希望死後可以看見耶穌的聖容。她又命令藍撒洛不要再和她見面，要回國娶妻成家立業，只需為她祈禱便夠了。

值得注意的地方是關妮薇承認自己的愛情「害得世間最高貴英勇的眾騎士死亡……」（引自頁 1206）以及亞瑟的殞命，雖然她願意在修道院懺悔餘生，卻沒有說出因為她的姦情犯了誡命（十誡裡的第七誡），而通常基督徒在悔罪之後，要向司祭說明所犯的罪始能獲得赦罪，固然在這個光景裡她眼前沒有司祭或神父，但說出犯罪得罪了上天而不是得罪了世人，才是更高更真實的悔罪。與之相較，藍撒洛先前就認知自己獲罪於天，並且向隱士司祭告白辦理「告解」聖事。

關妮薇的悔罪是道德層次，不一定是基督宗教的層次，因為她交代的對象是人而不是天，而且所想到的理想殞滅只不過是圓桌精神而已，再沒有更高超的境界。然而關妮薇的懺情畢竟披著一件宗教的外衣——在修道院裡做懺悔的宣示。

關妮薇前面這番話其實有兩個部分，一個是對亞瑟王朝和圓桌騎士團的交代，另一部分則是給藍撒洛，勸他回國成家的建議，等於在情感上給予他充分的自由，不受束縛也毋須對他們之前的愛情牽掛，最少在表面上解釋他們已緣盡。藍撒洛的回應卻說他絕不會虛情假意，她選了什麼命運，自己也會做同樣的選擇。在餘生中會做個穿灰衣或白衣的修道之人，惟在分手前希望關妮薇給他最後一吻，但此建議為關妮薇所拒。她的決絕幫助藍撒洛不至於誤解而藕斷絲連，可是並不表示她已經死心。

這個情景有點像唐代傳奇《鶯鶯傳》裡，張生投考功名失敗後，回家路上找上崔鶯鶯求見一面，但為鶯鶯所拒，不過後者已嫁作他人婦，不願再撩撥舊情，致橫生枝節，同時也襯托出己方的自主性，已開啟了新生活，無意給張生任何幻想的空間。

關妮薇嘴裡雖然硬，心裡卻是刺痛難當，分手後，好幾次昏厥，後來由貴婦們把她抬回寢室。就此情況來說，關妮薇和藍撒洛重聚既沒有私語，也毫不親密，只有短暫的驚鴻一瞥，似是緣斷情絕。他們的愛慾似乎已完全消散。

其實馬羅里敘事的手法，一直不願意對情慾多所放大，含蓄多過渲染，而且對這些情況每有批判的筆調，所以皇后和藍撒洛的情緣，反而到了分手前的一瞥，書寫得較為細膩感人，在人情味和情緒反應上，更為平和透闢，比誇張激情的描寫，更能引起回味和共鳴。卸下宮廷戀情的包裝，這個插曲，對照此傳奇前面愛情和慾望的各個插曲，另有一番值得品味的迂迴空間。

洗淨鉛華結伴隱修

藍撒洛離開之後，邊騎邊哭，後來到了一隱士的小教堂，聽見準備開彌撒的小鈴聲，便進去望彌撒，原來此隱士就是坎特貝里的主教，藍撒洛便請求主教赦罪，讓他加入貝德威之列潛修。

另一邊，博爾斯久候多時，便下令停在多佛港的大軍返國，自己和多名騎士去找尋藍撒洛，終於在隱士處相遇，這幾名親族騎士和後來抵步的騎士都決定留下來，一起過著潛修生活，度過了六個年頭，藍撒洛還願意被祝聖成為司祭可以唱彌撒。

在現實世界裡，此時的關妮薇和藍撒洛是分開的，沒有交集，但在精神上或在宗教生活上，他們可說是相通的，他們可以在祈禱的境界中相遇。有趣的是他們的修道，固然是靈性的提煉，但還存在著一點亞瑟圓桌的影子。

首先是關妮薇的做法，即使在女修道院，她的身邊依然有一批貴婦幫忙照顧，這些貴婦可能也要修道，但卻有侍候照料的實況，好像是把卡密諾的地景搬到修道院去，而先前的華服裝扮改成素色的修女裝束而已，若是這些貴婦甘願相隨修道，則表示她們之間建立了柔性的情誼，不管是榮華富貴或是簡樸清純的生活，都情義相挺，共同過著新團體的日子，一如宮廷裡小圈子的特殊生活方式那樣。

事實上，中古時代歐洲有些貴族，的確會把女兒送到修道院去，有些為了接受教育，有些準備修道，但家中免不了會給予充分的供應，使她們不至於太過刻苦。至於對照組藍撒洛的情形，他固然立心悔罪靜修，為了守諾言替關妮薇祈禱，不過他無法阻擋親屬和同儕騎士的加入，所以沒多久隱士的居所便變成了一個小型修道院，都是亞瑟以前的部屬騎士，或許可以說是瓦解後的另類圓桌騎士團，它的同儕精神利用宗教社團的型態，再現俠義的情義相挺，不為什麼特別目的，就是為了可以凝聚在一起，發揚兄弟之情、同儕的愛，不過也透過祈禱，延伸對廣漠大眾（不管認識與不認識之人）的愛，超出自利的愛。

藍撒洛同儕團和皇后貴婦團最大的差別，就是前者的物質生活簡單，每人都過著在樹林間刻苦自勵做補贖的生活，他們的馬匹都分別野放，因此他們都實實在在過著隱修而不是騎士歷奇的日子。男女兩個修道團體比較，固然都已沒有人間愛情的色彩，在情義的表現方式上，展示了可能因為性別差異而有所不同的做法。

離世，無言的結局

一天夜裡在夢中藍撒洛獲得靈視，要他趕去安密斯貝里修道院接回關妮薇的遺體，把她葬在亞瑟王旁邊。藍撒洛便會同八名同儕，拖著羸弱的身軀押著一部馬拉車，到了修道院便把剛棄世的關妮薇帶回，他親自誦經做彌撒，再妥適地把她安葬。此後藍撒洛便很少進食，幾個星期後接受過臨終聖油和領過聖體，便要同儕在他身故後把他埋葬在歡樂衛城。是夜他便歸天，而主教隱士夢見天使把他接到天上去。所有後事辦完之後，康士坦丁 (Constantine) 爵士繼位成為英格蘭國王，他把隱士召回去復位為主教，但貝德威留下繼續修道至終老，而博爾斯和其他同儕則決定返回法蘭西，後來都成為聖賢之人。

《亞瑟王之死》至此告終。亞瑟雖然已先行離世，但整個傳奇沒有就此結束，故事的最後反而聚焦在藍撒洛和關妮薇某種程度的心靈感應和互動上。關妮薇在生命結尾時，竟然說出預言式的話，她知道藍撒洛被祝聖做神父已有一年，正在趕路為她辦理後事；她也求上主不要讓她生前再見到藍撒洛。果然關妮薇在死後半個鐘頭藍撒洛才抵步，這種情節強力暗示她的悔罪已被上主接納。

至於藍撒洛，表現出來的行為是他對關妮薇的感情仍然丟不開，但他的終結是純正聖善的，透過主教的口，他是獲得上主接納成為不朽的人物，在人間也在天上。他的兄弟艾克塔爵士對他的哀悼也成了禮讚之詞：

> 你〔藍撒洛〕是所有基督徒騎士之首！……是騎術愛好者最忠誠的友人，是曾經愛過女性的罪人中最真誠的愛人……在眾多騎士中最善良的一位……但在用矛槍把死敵解決時你也是最威猛的騎士。（引自頁1215）

即使是死後，他還樹立起一名基督徒騎士的典範，縱然他曾經是罪人。

馬羅里的《亞瑟王之死》不是一部聖徒傳，他寫的是凡人紀事，會犯錯的英雄，會走上歧途的騎士，至情至性的戀人，但也同時是罪人。艾克塔之言，誠非溢辭，是中肯的生涯評述。其實藍撒洛是這部傳奇裡三名最重要人物，唯一有當代人給予身後評價之人。這三名最重要的人物是亞瑟王、關妮薇和藍撒洛。亞瑟王離去往阿法隆谷時，除了摩根勒菲，沒有其他至親相伴，但先前兩人感情不好，也不聞二人已經和解，此外，也沒法和關妮薇道別或見最後一面。到他入土後，也只有貝德威爵士對主教隱士說，他要用餘生為亞瑟祈禱。

關妮薇彌留時固然無法看到亞瑟，也不希望和藍撒洛有生前最後一吻，其中除了證明她斬斷前緣的決心之外，也有對亡夫交心的倫理考慮在內。故此，幾年前在修道院裡和藍撒洛彼此相見，也是兩人最後一次懇談，不過在她身歿之後，藍撒洛只有悲傷嘆息，沒有其他話語。這三人在離世前一刻，都沒有再相遇或給彼此留言，但各自給另一方和交叉方的印象卻令人沒齒難忘。

關妮薇和藍撒洛在生命後期的六、七年間，始終沒有交集，但最少他們所代表圓桌部分的價值，含括了葬禮，是包裹在宗教的節奏和禮儀之下，算得上是一種淒美的完成。

結　論

亞瑟生命的開始是緣於他父親慾望的擴張，而慾望如前面所述常常和權勢、政治以及貞潔的節制有關，處理得宜，會演化成為有魅力又品質高貴的愛情，反之便會成為社團或國族的亂源。

烏瑟·潘特拉岡後來用正式婚禮迎娶寡居的伊格蕾，補正恰當倫理的條件，亞瑟真實地成了他父母愛情的結晶。到亞瑟成長以後，敘事固然偏重在他建立功勛和霸業的過程，但也輕描淡寫地標出他的愛情和慾望事件，這些私事有些在他婚前，有些在婚後，如果用當時歐洲基督宗教的道德標準來衡量，他是違反了教規。

馬羅里不是一個說教的意識型態作家，但他有很明晰的道德意識，尤其是對基督宗教文化價值的秉持，不過，他對整部傳奇裡幾個顯赫角色，包括了關妮薇、美麗之伊索德、藍撒洛、高威、崔斯坦、博爾斯等卻多所寬容，惟對其他人物，不論男女，要是慾念失控，他總會用如椽之筆描述，讓讀者去明辨對錯是非，少有直率譴責之詞，惟對於美善的愛情，卻會不吝讚賞。

亞瑟對關妮薇的愛情毋庸置疑，對她的關注和給予充分的行動自由和權力，也是有目共睹，但可能對她的體貼和殷勤不如後來的藍撒洛。愛情到了某個層次，已不是金錢或權力可以贏取。這從他宮廷裡所衍生出來高威遇上一醜婦的故事，或喬叟借用亞瑟宮廷之名所寫的〈巴芙婦人的故事〉("The Wife of Bath's Tale") 即可見一斑，都在探問婦女最想要的是什麼，這實在是為愛情的題旨鋪路，而這種愛情指的是男女間的異性戀情。

亞瑟放在關妮薇身上高貴的愛情和用心雖然沒有全然獲得回報，但他把愛意延伸到朋友、同儕和騎士兄弟的愛護上，促成了前所未有的圓桌騎士團面世，光大自己的門楣，也替團隊中每一位騎士帶來榮譽。這個騎士團組合所以能夠堅挺屹立又咸為每一個人所信賴，是因為在英勇武功之外，每個人都有堅強的情義意志，堪為楷模。

表面上這是和愛情毫無瓜葛的主題，但若沒有愛情的滋潤、感染和柔化，情誼只會在認識的朋友間強化，但群體的情義卻不一定有長足的發展，況且，情義需要有人領導，引臂高呼，訂定準則或創立先例，使與英雄氣概接合，以便沉醉在愛情中人都能接納，因為在推衍上，情義會產生一些粗獷的做法，與纖柔的愛情手法大不相同。

事實上在藍撒洛和關妮薇浸潤在甜蜜愛情時，前者的親屬和隨從騎士都瞭解到底是怎麼一回事，除了規勸他謹慎行事外，一直是情義相挺，包括博爾斯和拉維恩 (Lavayne) 等，連高威在翻臉前，也勸阻自己的弟弟阿格勒威不要把事情弄得不可收拾，他們的作為不是護短，而是在彼此的認知中，達成某種默契程度的義氣支持，這等於認同艾克塔所稱，藍撒洛是「罪人中最真誠的愛人」的看法。

在相同的基礎上，亞瑟深知崔斯坦和美麗之伊索德的戀情，不過他仍然警告馬克國王不得為難崔斯坦，藍撒洛也特別提醒後者注意馬克的卑劣手段。他們的用意不是贊同婚外情，而是以同儕的立場，支持一名他們認為值得敬重的騎士，即使他有明顯的瑕疵。情義的表達往往會打破成規，甚至做出不自量力的行為，譬如替被打倒落馬的同儕不顧自身武功不濟事而向對手挑戰。因此情義的表達，有時會陷自己於不利的地位，但為了義，傳奇裡的騎士們每每會勇往直前。

卡密諾為亞瑟宮廷所在，圓桌則為整個朝廷的濃縮及象徵，圓桌騎士團和他們的眷屬，以及周邊的貴婦就成了具體化的形象。在這個令人仰望的圓桌騎士宮廷裡，既有軍國大事的運籌帷幄、出征、競賽、比武，並時有令人窩心的情義之舉，又有感人肺腑的愛戀之情，亞瑟在幾方面都起了帶頭作用，幾名重要騎士的經歷也不遑多讓。

但情義和愛情這兩個永恆的主題，卻又放在一個崇高宗教理想的追求框架下做描畫；如此的顯影、世俗和神聖的關懷事項，構成了本傳奇有形和無形的追尋，成就了亞瑟王故事歷久不衰的吸引力。

歷史創造了亞瑟，
還是亞瑟創造了歷史？

亞瑟其人的神話

二十世紀研究亞瑟王故事的前輩，把觸角伸進塞爾特的敘事傳統中，因為亞瑟王有威爾斯的血統（根據多種資料，亞瑟為威爾斯和羅馬貴族之後），他們認為盛行於十一、十二世紀歐洲的亞瑟王傳奇，應有某種塞爾特文化的敘事根源，這就產生了歷史上亞瑟的課題，首先是歷史上到底有無亞瑟其人。

在一連串的考證發掘中，透過語言學、民俗學和其他歐語參照，亞瑟極可能有一個塞爾特的淵源，從父系取名阿拓．瑞格．伊俄斯 (*Arto-rig-ios)，其意為「大熊之子」或「武士國王」。還有學者引述在不列顛（即後世的英倫）島六世紀初年在蘇格蘭和威爾斯兩地，Arthur 的名字經常出現，因而斷定有一人名叫作 Arthur，曾短暫掌管不列顛且為王，學者又稱撒克遜人成功入侵不列顛應在西元 570 年之後。證諸其他歷史素材，亞瑟王在巴頓山之役（Battle of Badon，五～六世紀之間）曾大敗撒克遜人，因而把撒克遜人的進據入侵延後了一百年。至於亞瑟出現在蘇格蘭和威爾斯而為王，不無道理，此論說大致可信，惟此名亞瑟是否即後世傳奇所描繪之亞瑟則又是另一個需要探討的問題。

弔詭的是現存找得到關於亞瑟的資料，不在塞爾特或與其有關連的蓋爾語 (Gaelic) 資料中，而在拉丁文的紀錄裡，這時的拉丁語其實是羅馬帝國的語言，是當時不列顛地方統治者的官方語言，不過這些拉丁文的撰述者卻多為具塞爾特血統的僧人，此中有沒有民族情感在內，是可以研究的議題，但也使撲朔迷離亞瑟的身分益加神祕。

其實部分學者執著要在塞爾特材料中找尋亞瑟的蹤影，除了因為亞瑟是這個族裔的人物之外，也因為如此英雄角色，理應有跡可循。此外，塞爾特這個文化體系充滿了超自然界成分、奇幻的傳說，而且與基督宗教的宗教色彩有別，分外引人好奇及探索。

這樣一番轉折，並沒有完全解決亞瑟有否其人的懸案，不過倒可以看出在故事流轉播錄之間，一個傳說中的人物慢慢成了民族英雄，不寧唯是，也成了眾所仰望的君王楷模，不單只是不列顛人的英雄，也成了敵對的英格蘭人的英雄。而英格蘭人（即後來的盎格魯撒克遜人）根本就是入侵、打敗不列顛人的敵人，故事再傳到歐洲大陸時，亞瑟的勇武、氣概和招攬騎士的義行，使他更穩然屹立變為歐洲人的英雄，更是英雄崇拜的對象。

虛實交錯的亞瑟王形象

亞瑟王故事不僅僅是吸引帝王公侯等社會上層人物而已，從亞瑟青春年少到他殞滅後，王朝的賡續包羅多個民族和王國的存廢，還描畫了一個可能從未存在過的盛世藍圖，讓後人留下許多懷古幽情，建構一個理想的黃金世代。這個理想國，不以政治清明或豐衣足食做號召，卻是圓桌騎士的徽記。

沒有亞瑟王，便沒有圓桌騎士團，也就沒有容納青年志向士子理想的去處，圓桌騎士對年輕人的吸引力，具有無與倫比的嚮往，是志業的象徵，也是青春活力的標記。至於後來部分騎士，不以追尋武藝和愛情，卻以尋找聖爵下落為己任，使凡間的事物，一下子超然脫俗。雖然亞瑟自己無緣參與，事情總是因他而起，不只增加過程的神祕性，也使塵世事務披上一層超脫的宗教色彩，雖然檯面上是基督宗教某些傳說的延伸，卻與塞爾特不可思議的敘事傳統相連結，使亞瑟個人的現世真實感減弱，進入了神話的領域。

亞瑟在歐洲中古後期，早已是自成傳統的人物，歷史上是否真有其人，可能已無關緊要，只要提出亞瑟之名，便在眾人和讀者心中產生各種引人遐思的意象。這好比宋江是否真的是北宋士人，或聚眾起義反抗官府，其傳說真實面已不重要，但《水滸傳》故事家傳戶曉，留存各地（甚至跨國至日、韓、越南等地），已是民間驗證重情重義的好漢人物，而宋江則自成具歷史感的情義中心之首要角色。

歷史與文學共構的傳統

十一世紀之後，亞瑟的事蹟從威爾斯向康窩爾地區擴散發展，並影射他曾統領其地，然而其人卻又似乎並非為精明有教養之人，在追索威爾斯後期傳統時已見納入更多其他語言和文化的細節，致使所謂的威爾斯文化色彩無法和歐洲文化主流區隔，成了一種混合型的文學產業。亞瑟的故事，已變成不是威爾斯（塞爾特）一地的故事，而是歐洲敘事傳統中十多個世紀以來獨領風騷的迷人故事。

大體上，方志企圖紀錄史實，而後期出現的傳奇作品則把注意力放在故事性上，史實的揭露僅為次要。方志的作者（chronicler，編年史家）多盡力劃分歷史敘事的真實性，雖然後代史學家每有挑戰亞瑟其人的真實性；然而，中古時代的方志作者卻多認定亞瑟的確實性，方志作者所爭議的不是有沒有亞瑟其人，而是亞瑟確實做了什麼事，因為傳說、神話、民間故事都各有主張，把亞瑟塑造成多種不同的面貌，而文字的型態，也就是敘事的方式更大為不同。

二十世紀時，學者研究亞瑟的題材，不只是正反兩面地探究這號人物，並且互有攻防，部分持正面態度的學者乾脆執行考古探索，從地名、城堡遺跡、地理環境到地下挖掘等，目的是把亞瑟年代的文化和政治藍圖拼合起來。

到目前為止，絕大部分都是間接的資料，但有一點相當肯定的，就是比亞瑟年代更早期的羅馬文化遺跡陸續面世，最少可以證明在亞瑟之前，羅馬人曾在英倫活躍過，而不列顛民族又依仗他們的保護傘，使不受其他強大的日耳曼民族侵害。

與此同時，不列顛的文化深受基督宗教和早期修道院文化的影響，也就是說，亞瑟年代是接受基督宗教文化思維的年代，這方面和亞瑟故事中所反映出來的完全一致。

「亞瑟」堪比諸葛亮

如果採用另一角度來看這個問題，也就是不用狹義的歷史遞演來看，亞瑟可以是一個單純的文藝人物，是創造出來的歷史感，可以不必和真人真事有所牽扯，單純在文化遞演中成為文藝傳統的重要指標人物和精神象徵。這取向好比《三國演義》之為小說，裡面的人物和事蹟，和史書《三國志》有沒有關係，甚至諸葛孔明是否真的是三國時代料事如神的儒俠，已不是考證的重點，但透過《三國演義》所建構的傳說，在儒家文化圈裡，諸葛亮已被奉為有儒者之風的軍事家，有大器魄力的忠臣，不可多得的丞相之才。在文化傳播的推動下，小說的故事，已成為文化記憶裡活現的歷史感，諸葛亮的功勛和名聲，早已超過在正史《三國志》裡的史書載錄，也可以說文藝傳統的諸葛亮，其聲譽早已蓋過了正史所載的諸葛亮。

同理，我們也可以用這種角度來看風雲人物亞瑟。的確，文藝場域和文化記憶中的亞瑟，早已把歷史上英雄的亞瑟甩在後面。兩相比較，諸葛亮和亞瑟都是不同國度裡重要文化遺產和觀念價值，他們最大的差別，就是前者的事蹟載錄於正史，惟沒有後人特別從事考古發掘，去證明他的存在；而後者不錄於正史，只分別載錄在可視為史料的故事篇裡。

另方面，西方的學術傳統不像我國文化之有正史、野史和史官的設立，許多屬於史料的典籍，後代多認為其故事性多過現代所認定的歷史紀錄，雖然如此，這些有杜撰嫌疑的史書，仍是大家不會放棄的問題溯源的基本材料，還會用其他資料，包括新發現的文獻和地下文物去補正。

若再用更徹底的反面思考，即使所有的史料、史書所登錄的亞瑟實無其人，不值得再花精神去查明考訂，但小說家之言，亦即是文藝傳統上的亞瑟，已有超過千年的流傳和轉述，遍及歐洲文化圈各地，這種文化中的歷史感，依然值得知識界加以瞭解。因為亞瑟其人，已不僅僅是個案，還是民族和國家雛型的建構，外加英雄崇拜的文化特色，可讓我們從另一個傳統中，做遠距的

1985 年英國郵票　正在聆聽梅林建言的亞瑟王。英國至今還能常在各處看見亞瑟王相關元素，可見傳說的影響之深。

透視和客觀的分析，瞭解一個文化論述的醞釀，及其與主流想法的匯集。

史書中的亞瑟王

在此且以幾部有正式地位的史料典籍，追記人物傳統的形塑過程，惟這些史書，近人多有置疑，挑戰其敘事的真實性，論點不外是其中的資料杜撰多過目擊耳聞的實況。然而，在西方學術傳統裡，一直都有置疑派別 (skepticism) 的做法。不過懷疑的學者所挑戰的是歷史上的亞瑟，而不是文化記憶（或社群信念）中的亞瑟。以此為基準，下面簡單地介紹歷來處理亞瑟之為不列顛人領袖的淵源出處：

一、紀達斯的《不列顛之征服及淪喪》

紀達斯 (Gildas) 約為西元 500～570 年的一名不列顛僧人，一般咸認他出生於蘇格蘭的塞爾特皇族家庭，在威爾斯南部的一個修道院接受教育，後來棄俗修道，並在不列顛和愛爾蘭成立多所教堂和修道院。繼而移居在今天法蘭西國境西北的不列顛尼過著隱修生活，然而，求道問學之人絡繹於途，因此他便在不列顛尼的瑞依之聖紀達斯 (Saint-Gildas-de-Rhuys) 社區成立一修道院教育學生，並著手撰寫《不列顛之征服及淪喪》（*De Excidio et Conquestu Britanniae*，西元 540 年）。

紀達斯這部作品共分一百一十章，首章是一篇長序文。第二～二十六章訂為「不列顛歷史」，包括撒克遜人進入英倫島和不列顛人在巴頓山之役大敗撒克遜人，此戰役的年分約為紀達斯出生之年。第二十七～六十五章為「對王者之指控」，而第六十六～一百一十章為「對神職人員之指控」。這部著作可視為同年代不列顛的輔助羅馬史，從羅馬統治寫到著作人的時代。

在手卷第二部分的第二十三、二十四和二十五章，所紀錄的是亞瑟出世前撒克遜人登陸英倫島上的歷史，以及撒克遜人帶給不列顛人的災難禍害，惟在緊要關頭有一不列顛人安博洛斯領導不列顛人對抗入侵者，在民族救亡之際，打了一場巴頓山的勝仗。此第二十六章裡的是巴頓山之役，即成為日後亞瑟戰功的重要年表紀錄，從第三十三～三十六章雖然沒有特別提到亞瑟，但有其他領袖人物的資料，而整個框架則成了亞瑟歷史早期的參照。

此著作從頭到尾都沒有寫明亞瑟的名字，只有同年代的安博洛斯之名，因而後來有研究者指稱此名即為亞瑟在另一語文的名字。其次值得注意的就是紀達斯是威爾斯的不列顛人，用拉丁文撰述自己國族的歷史，沒有理由不謹慎，又因為他具有神職僧人的身分，且飽讀詩書，大致不會也不應該說謊，所載錄之事，似為可信。

事實上，他除了是史家之外，在基督宗教的東方正教（亦稱東正教）、羅馬天主教和聖公會都尊奉他為聖者，故此，他的著作可說是信而有徵。

在《不列顛之征服及淪喪》裡，雖然沒有提到亞瑟之名，只有一位可能是他的別名的人物，但那個時代的政治環境，以及當時不列顛民族的困境，卻有清楚的年曆交代。然而在其他稍晚的紀傳裡，如《不列顛史》（*Historia Brittonum*，830 年）和《威爾斯編年史》（*Annales Cambriae*，960～980 年，參本書頁 223）卻標明亞瑟為戰役中的軍事領袖。

眾多爭論為什麼紀達斯不直接提到亞瑟之名的原因，有一說是紀達斯家族（為皇族）和亞瑟家族（南遷到威爾斯的皇族）原有隙怨，故紀達斯不願彰顯亞瑟之名，只用他的拉丁文名稱，但卻無法不提其戰功，故而只以別名稱之。

二、畢德的《英吉利教會與人民史》

可敬的畢德〔Venerable Bede，又有稱之為聖畢德 (Saint Bede)，673～735 年〕是一名英籍本篤會的僧人，他最著名的作品就是《英吉利教會與人民史》（*Historia ecclesiastica gentis Anglorum*，731 年），此著作奠定了他在英國的史學地位。

這部編年史部分資料取材自紀達斯所寫的史書，畢德全書也沒有提到亞瑟之名，但在第十六章裡，卻記下了安博洛斯（羅馬籍的不列顛人），一名具有皇族血統的羅馬人領導不列顛人，迎戰他們的征服者，並予以痛擊，最關鍵性的戰爭就是巴頓山之役，大敗敵方的盎格魯撒克遜人，時年概為西元 493 年。

畢德獲得他修道院院長的協助，取得各項所需的資料和教會檔案，他在序言中，說明一切資料都按照歷史法則，連普通的報告文字他都去求證，為教導後世之用，可見他下筆的態度，既本學術求真求確實的原則，又因為他是教會中人，所涉及的多為教會事物，自無浮誇虛飾的嫌疑。

亞瑟不曾在畢德如椽之筆的歷史紀錄中出現，但安博洛斯其人確實登上了不列顛人抗敵抗暴的舞臺，同時也替紀達斯做佐證。不過，畢德書中倒有提到一些亞瑟朝代的人物、事蹟和地名等事項，唯獨亞瑟其人卻被淡化了。

三、年尼厄斯的《不列顛史》

如同前面兩部史書作者的身分，年尼厄斯（Nennius，活躍於 796 年直到九世紀）也是一名僧人，且為威爾斯僧人（有不列顛人血統），他所撰述的《不列顛史》約成書於西元 830 年。

此書序言相當重要，因為年尼厄斯自謙學問不夠深厚，故此他的取材，部分為先人的傳統，部分為不列顛古代居民的文字和紀念遺跡，部分為羅馬人的年鑑，以及教父們的歷代紀志，還有採用蘇格蘭人和撒克遜人的歷史，雖然後者是他們的敵人。

可見年尼厄斯有使用到他當世可看到的不列顛語或塞爾特語以及有關的文化材料，加上不可缺少的拉丁文書寫之歷史地理實物資料，甚至是考古文物的素材，其中非常值得注意的是蘇格蘭人（含皮克特人）和撒克遜人，都是不列顛人的世仇，但年尼厄斯求真的態度明確，照樣採用敵人的資料來書寫歷史，增加在不同觀點下的可信度。

除了交代書寫材料的來源之外，年尼厄斯也說明他計算歷史年代的方法，一面用陰曆週期 (lunar cycle) 的演算，一面又用已知的撒克遜人侵佔不列顛島的年分對照核算，這些訊息都內含在他的序言和書中第十六章裡。從第三十一～五十五章寫的是多名不列顛國王和他們之間的繼承以及鬥爭過程，包括招惹撒克遜外族入侵的佛迪準和討伐他的安博洛斯。這些敘述都是前奏，第五十六章開始提到亞瑟之名。並把他放在不列顛歷史的脈絡中，往後在第七十三章關於不列顛的奇聞中又再次提到亞瑟。

在如此編排之下，安博洛斯和亞瑟明顯並非同一人，亞瑟是在安博洛斯之後出現的英雄。另外，在亞瑟的年代，威爾斯的語言和不列顛（Briton，即塞爾特之不列顛）的語言稍有差異，書中雖然沒有大事鋪張地敘述亞瑟，但亞瑟已現身在各種背景和正式載錄在不列顛帝王系譜之列，另外又把他放在與撒克遜人打了大小共十二場的戰役中，對其人的瞭解大有助益。

四、作者不詳的《威爾斯編年史》

《威爾斯編年史》從許多不同來源彙集而成，最早的手卷約為西元 960～980 年之間，此編集不只紀錄威爾斯的紀聞，也登載愛爾蘭、康窩爾、英格蘭、蘇格蘭和其他遠方的事件。

特別值得注意的是，此作列出兩個關鍵性和亞瑟直接相關的事件，而且年分清楚。其一是西元 516 年巴頓山之役，亞瑟肩負著耶穌被釘的十字架三天三夜之久，使不列顛人終獲大勝。其二是西元 537 年在坎蘭 (Camlann) 之戰，亞瑟和莫得傑互相摧毀對方。坎蘭之地為前面的史料所不提，而此編年史首度載錄。

此外，編年史還提到亞瑟的軍師梅林在西元 573 年發瘋，並敘述到其他亞瑟故事圈裡的騎士。凡此資訊都正面刻劃出歷史性人物的亞瑟，特別是書中計算年分時都以復活節週期表 (Easter Table) 做依歸。

五、曼莫夫之傑夫瑞的《不列顛帝王史》

曼莫夫之傑夫瑞（Geoffrey of Monmouth，1100～1154 年）不像年尼厄斯《不列顛史》從開天闢地說起，但也一樣提到古代特洛伊戰後英雄苗裔的布魯圖斯 (Brutus) 漂流到不列顛島建立起本族的英雄榜，傳宗接代到亞瑟，並在亞瑟之後繼續好幾代傳人。

這部書是中古時代書寫亞瑟生平最完整的史料，其影響力也最廣和深遠，在敘述中每每引用紀達斯和畢德的資料。書中把亞瑟棄世之日訂在西元 542 年，如果以梅林現身對不列顛國運做預言開始算，到亞瑟的殞滅為止，這些篇幅佔全書三分之一強，可見其重視書寫亞瑟一生和他王朝的興衰。

在《不列顛史》裡，亞瑟被描述為一軍事領袖，但曼莫夫之傑夫瑞則稱他為王，還敘述亞瑟加冕為王的情形。不過後世和當代不少的學者，都把《不列顛帝王史》當作故事書看待，不認為此書是正式的歷史紀錄。

然而，這部著作的詳細資料，證實了亞瑟相關的歷史，尤其是不列顛民族的去從。與其說是歷史上誕生了亞瑟，毋寧說是敘述傳統建構了歷史化的亞瑟，抑或可說在盎格魯撒克遜民族佔領不列顛島 (Britain)，把整個疆域地理擴大為英倫島 (England) 之際，亞瑟已樹立起一個威名遠播，令後世懸念的朝代和王國。

六、茅姆斯貝里之威廉的《英國帝王事蹟》

和曼莫夫之傑夫瑞同年代另有一諾曼裔 (Anglo-Norman) 本篤修會僧人史家，名叫茅姆斯貝里之威廉（William of Malmesbury，1095～1143 年），他一共寫了三部重要的歷史書，其中以第一部《英國帝王事蹟》（*Gesta Regum Anglorum*，1125 年）最為著名，影響力也最深遠，是英國歷史紀要。內容從羅馬時代開始，包含盎格魯撒克遜歷朝帝王、諾曼人登陸，直到亨利一世（1100～1135 年在位）登基為止。

此書不只在英格蘭，在歐洲大陸也廣被傳閱，其實在中古時代，每為各史家和紀志作者的重要參考資料。關於亞瑟事蹟，書裡指出亞瑟的史蹟在煙霧瀰漫的傳言中不容易弄清楚。不過還是說：「這就是亞瑟，他身之所繫的不列顛瑣聞現時仍為人所談及，他是清清楚楚地值得尊敬之人，不是謊言中所夢想到的無稽之談，是歷史中備受讚揚的真相」。

茅姆斯貝里之威廉沒有因人廢言，不能清楚辨明並不表示在歷史上不存在，雖然他在紀錄十二世紀當世輿情的反應，視亞瑟的種種事蹟為瑣聞 (nugae)，卻也同時追記了幾世紀前不列顛民族中一名大人物——亞瑟，這名史家並稱亞瑟和安博洛斯是同年代的人物，而且還襄助他的民眾對抗入侵的撒克遜人，惟除此之外，威廉就沒有再細說其他了。

追尋現實中的亞瑟

歷史在發展過程中經常納入神話的成分，反過來看，神話裡往往也含有歷史認知的成分；早期歷史紀錄更不免在這兩者之間徘徊。亞瑟的傳聞和事實的陳述，的確文學傳統的比重較多，關鍵之一是古代的歷史寫作不宜用現代的準則衡量。

亞瑟真實身分

亞瑟要是真正的存在，他極可能是一位強大軍事統領或司令官，不見得是一名國王，大概是五、六世紀之間的領袖人物，帶著不列顛人民和武士抵抗入侵不列顛島的日耳曼民族〔包括撒克遜人、朱特人 (Jutes) 和其他北歐的民族〕。

另一說法指出此領袖是羅馬的百夫長，名叫盧順斯・阿拓瑞俄斯・卡斯圖斯 (Lucius Artorius Castus)，領軍對抗蘇格蘭北部的皮克特人，但歷史紀錄此羅馬人為二世紀之人，比亞瑟的年代早了三百年，因此並不可信。

至於亞瑟的行宮卡密諾，多認為是十二世紀法蘭西詩人特洛瓦之克里田所創製出來，其確切地址不詳。不過十八世紀的古物學家斯都克釐（William Stukeley，1687～1765 年）卻考訂其地應位於今天森麻塞 (Somerset) 郡之凱特貝里古堡 (Cadbury Castle) 的遺跡上。

仙女的來歷

在亞瑟故事中屢次出現仙女蹤影，這些仙女除了和亞瑟打交道之外，也和他的騎士往來。這些非常人性化的仙女，一般都認為並非出自不列顛本身的傳統，而是源自古代不列顛尼的傳統，這個地區位於法蘭西的西端，在康窩爾隔海的南方，今天稱之為不列坦尼（Bretagne，英語寫作 Brittany）地區，在羅馬帝國時代稱為阿莫里卡 (Armorica) 之境。

這個地方的民族和英倫島上的塞爾特人是同宗的，而在他們的信仰裡認為古代的神祉和仙族仍然存在。他們對仙人的傳聞透過歐陸的遊唱詩人，把仙女和騎士的故事，在各宮廷間傳播開來，又因為許多故事裡的仙女都洞識過去和未來，而且往往會使弄魔法，增加神祕感和魅力，亞瑟的宮廷因此也就成了仙女和魔法師（如送寶劍給亞瑟的湖上之仙女和梅林）出沒之地，添加故事的玄虛幻象氣氛。

聖爵傳說

有了仙女的魔法幻術，這種塞爾特文化的前奏便輕易地導入聖爵的追尋，亦即對耶穌基督在最後晚餐使用過的爵杯的下落探尋。

塞爾特神話中本來就有供應用之不竭食物的鍋盆器物，甚至有起死回生的功能，在某種象徵的意義，此神妙本土的寶物和基督宗教信念的爵杯連上了奇特的關係。因為二者均為靈物，也都有供應飲食的功能和神奇療癒的效能，因此聖爵一旦出現在卡密諾宮廷之後，便促使亞瑟的圓桌騎士，以及聞風而至的英雄好漢，都立志去找尋聖物。從此亞瑟的宮廷，便增加了宗教氛圍和超然物外的玄祕境界，也使各騎士的榮譽皆受到更深刻的挑戰。

成功基石：騎士團

亞瑟從一名獲天命選拔的青少年，屹立而成獨當一面的君王之首，吸引各路英雄群聚，創造了一個亞瑟世界。

在英雄群集的際遇下，亞瑟接受了也收編了他國青年才俊藍撒洛加入他的圓桌騎士團，表明他求才若渴的胸懷和國際化的視野，更彰明圓桌騎士朋友之間的榮譽和特色，既有袍澤之誼，也有君主給予的殊寵，構成牢固的向心力，這種早期成功治國之道，享譽全歐洲。

悲劇元素、懸念結局

藍撒洛固然很快便成為亞瑟最重要左右手騎士，但他和皇后關妮薇尷尬的不倫戀情，註定是難有好結局的淒戚戀愛故事，惟這份死心塌地的戀情和這對放錯了時空的戀人，在千百年來賺取無數同情心聲和眼淚，也為當時宮廷戀情寫下了很好的註解。

在俠義作風之外，亞瑟的故事便成了藍撒洛和關妮薇戀愛的舞臺。亞瑟起初是被蒙在鼓裡，更添加了這故事的曲折詭異和私密的特色，而最受信任的騎士，竟然帶給亞瑟最大的背叛和傷害。敵與友，在圓桌騎士團中常常是一體兩面的現實。亞瑟創造了光榮，也在不防備之下，醞釀了家庭和國家的悲劇，這點也可引伸到他和私生子莫得傑的互相砍殺事件上。

亞瑟被叛逆的莫得傑重傷垂危，彌留之際，被一群魔法師接去阿法隆島治療。傳言他會被治癒，並會東山再起，在國族需要時再回來。這個神話式的尾巴，帶給塞爾特民眾無限的希望，這樣的敘事處理方式不採用平鋪直述，使故事更加撲朔迷離。

亞瑟王之墓

在後世的資料說明中，亞瑟的骸骨有稱在 1191 年在格拉斯頓貝里修道院 (Glastonbury Abbey) 被發現，其實這說法極可能是當時的統治者放話，用來壓抑民間傳說亞瑟將重返家園領導民眾的信仰。儘管是非難以理清，但在英皇愛德華一世時，曾把一些號稱亞瑟的骸骨在 1278 年遷葬在一大理石的墳墓裡。背後的用意是宣示亞瑟已死，不會再回來！時至今日，格拉斯頓貝里修道院遺址仍標示出當年遷葬亞瑟的墓地，供後人憑弔參觀，而且成為觀光事業亮點。

不管學者和政治人物，如何考訂和評斷亞瑟王的神話，這個故事已把神話傳說和歷史攪拌在一起而難以絕對分清，後世各種穿鑿附會的書刊、畫像、藝品和電影更推波助瀾，把亞瑟變成跨越各種媒體的象徵。

法蘭西的推波助瀾

因為政治、語言和地緣的緣故，十一世紀以後的英格蘭和法蘭西的關係密切。從威爾斯和不列顛尼兩地流通的塞爾特傳說，不久就散播到使用法蘭西語的地區，然後又從歐陸傳回到英格蘭使用古法語一支派的諾曼語社群，這兩區域的上層社會很快便利用這種宮廷語言發展出關於亞瑟的各部傳奇故事。長短不一，但卻五彩繽紛。舉其大者，有下面的幾種：

瓦斯：《布魯特傳奇》

自從《不列顛帝王史》面世後，很快便吸引了許多寫作能手，其中之一為瓦斯 (Wace)，他用古法語的諾曼語韻文寫了一首長篇敘事詩《布魯特傳奇》（*Roman de Brut*，1155 年）。布魯特就是特洛伊劫後英雄的後裔布魯圖斯，按照《不列顛帝王史》的系譜，就是日後亞瑟的祖先，並開創了不列顛民族和文明。

瓦斯是宮廷詩人，在曼莫夫之傑夫瑞之後把不列顛的過去順著統治階層諾曼家族的意圖（十一世紀之後約三百年間英格蘭的帝室是威廉征服者之後，因此又稱諾曼人，在宮中他們所使用的語言是古法語中的諾曼語），使諾曼帝室名正言順承接亞瑟以來的權力和騎士精神。也就是說諾曼人取代了盎格魯撒克遜人繼承英倫的大統，在這種政治力安排下，他們可以連接聞名全歐的亞瑟以及古代英雄布魯特的名分，奠下歷史正朔地位，全詩的企圖心和政治意涵不言而喻。

現代學者認為，這個時期多種歷史紀要和文學作品巧妙地把亞瑟和布魯特的傳說神話連貫起來，可稱為不列顛的開國神話 (foundation myth)。

此詩大篇幅敘述亞瑟一生，包括他的征戰、恢復失去的國土、分封有功的騎士、和關妮薇成婚，敘述中最重要的帝王之術就是成立了圓桌騎士團。在以後眾多亞瑟故事中，此點為《布魯特傳奇》最早開創的局面。

此作雖然歷來都被放在紀志之列，但其創作成分大於史實紀錄，又填補了亞瑟王故事很重要的源頭，成為韻文寫作紀志和韻文傳奇之間開創性的文類。瓦斯之作的對象，主要是對騎士精神品味有興趣的大眾，開啟了日後韻文傳奇的系列，特別是亞瑟王朝各個英雄人物。另方面，十二世紀也剛好是法蘭西政治文化中騎士精神發展的高峰期，果敢的行為、英勇氣概和優雅禮儀的認知，都成了亞瑟故事的催化劑。

瓦斯把亞瑟卒年訂在西元 642 年，亦即是說當時亞瑟已是耄耋之年，仍為國事、家事而奮戰不休。不過，亞瑟這個卒年明顯和《威爾斯編年史》的載錄有相當的出入。

然而，瓦斯把圓桌這個觀念納入亞瑟故事裡，是最具開創和啟發性，這個圓桌騎士團的作風也最能吸引當時各地皇室和朝廷的口味。

特洛瓦之克里田

法蘭西有一名遊唱詩人，也是宮廷詩人，名叫特洛瓦之克里田。他用古法語寫作亞瑟王故事詩而聲名大噪。他所撰述的不是一個故事，而是一連串的故事，最著名的有五篇對偶的韻律詩，五篇合起來看可以說是亞瑟傳奇的系列詩 (cycle)，也帶動後世多個亞瑟故事系列詩的問世。

特洛瓦之克里田在文化上的貢獻就是把亞瑟傳奇的素材延伸到塞爾特的材料和古典的淵源上，在融合愛情和男性勇武氣概中，克里田營造了俠義傳奇的核心動力，完整又具體的塑造出法蘭西式騎士精神的理想。

前三部詩作

系列詩的首部作品《艾力和伊尼德》敘述亞瑟朝中一名年輕騎士，因為疼愛新婚妻子，天天留在家裡作伴，致使外邊閒言閒語說艾力荒廢騎士職責，因此他便把愛情生活放下，出外爭取騎士的聲譽。亞瑟傳奇中愛情與事業的規律及其平衡點，在此被克里田發揮得淋漓盡致。

第二部作品名為《克力傑》（*Cligès*，1176 年）。克力傑的父親亞歷山大為一希臘王子，因慕名而前往亞瑟宮廷受封為騎士，留英期間與亞瑟姨甥女相戀而結合，兩人返回希臘時，國王駕崩但亞歷山大的弟弟已即位。亞歷山大甘願讓位，條件是弟弟不能結婚或不得有子嗣，好便日後皇位能傳給克力傑。

亞歷山大逝世後他弟弟決定結婚要娶德國公主芬尼斯 (Fenice)。然而克力傑卻愛上了芬尼斯，後者也愛上克力傑，在無奈之餘，克力傑步上父親的後塵到亞瑟宮中效勞，在他受冊封為騎士後便回國。此時克力傑和嬸嬸仍然相愛；芬尼斯用幻藥裝死被克力傑帶走。但兩人隱身之地被發現，克力傑遂逃到亞瑟處尋求亞瑟支援他恢復帝位。在克力傑去國時，叔叔國王逝世，克力傑因而在無任何阻撓下和芬尼斯正式結婚並就任王位。

表面上這是一個出外歷奇以及愛情合璧的故事，但有學者指出這是反諷騎士作風的題材，所謂宮廷式的謙恭 (courtliness) 看似有許多禮數和言詞修飾，但在骨子裡卻是倫理道德的議題，故此學者認為是克里田在質疑宮廷謙讓的價值和效度。這個論調也許同樣可用作騎士俠義行為的量尺。

第三部傳奇是《伊威．獅子騎士》（*Yvain ou le Chevalier au Lion*，1180 年），此傳奇中的一個主題和

《艾力和伊尼德》很類似，即年輕遊俠的功業，另外就是塞爾特神話傳說的挪用，還有獅子獲救後報恩的行動。雖然和亞瑟沒有太多直接的關連，這些素材卻影響往後許多不同國度的作品。

《藍撒洛，囚車的騎士》

第四部傳奇主角是藍撒洛而不是亞瑟。在所有中古傳奇裡，克里田是把藍撒洛推上重要角色地位的第一人，也是第一位作家在亞瑟王的主題中把藍撒洛和關妮薇的愛情故事大事鋪張，並引介出宮廷戀情的觀念。

作為宮廷詩人，克里田受命於贊助人香檳伯爵夫人(Marie de Champagne) 寫出這種內容的傳奇（參本書頁181），然而他沒有整篇完工，而是由別人捉刀完稿，歷來的推測都說克里田沒寫完是因為他不贊同這種不倫的畸戀。不過克里田這些題旨，包括騙拐皇后和宮廷戀情，卻成了後代眾多作品的熱門題材。

《帕斯瓦，聖爵的故事》

第五部作品是《帕斯瓦，聖爵的故事》，此傳奇未完稿。故事開始時少年帕斯瓦被亮麗騎士的外形所震懾，便刻意離開寡母和威爾斯，往訪亞瑟的宮廷，抵步後卻為凱爵士所嘲弄。帕斯瓦遂離宮而去，在歷奇中他到了漁人王的堡裡，看見出巡的聖爵異象，但他沒有提問聖爵之事，使受傷的漁人王沒法獲得神奇療效。後來帕斯瓦回到亞瑟朝中，不久有一醜婦到宮裡來，譴責帕斯瓦沒有提問漁人王聖爵的功能，錯失時機。

全詩九千多行，比藍撒洛的故事稍長，此後不再敘述帕斯瓦，轉為描述高威，與天真無邪的帕斯瓦做對比，在闖蕩中高威解救了一個城堡，原來他失聯的母親和祖母以及從未謀面的姊妹都在這個堡裡，此故事未完敘述卻中止了。

此後五十年間有四組詩人，分別寫了四部續篇。克里田的原作雖然沒有結局，但他開啟了全歐洲撰寫聖爵故事的熱潮，而聖爵可以療癒難治之症的說法，使《帕斯瓦》的爵杯變成了聖物和奧祕神蹟。克里田的傳奇既發揚了騎士之道，也深入到宗教的層面，而且還有許多寫法與古愛爾蘭的英雄傳說 (saga) 類同，是亞瑟故事圈的重要里程碑作品。

就以這五部傳奇而言，克里田已把亞瑟傳奇的關注面擴張和提升，又擷錄了多種文化特色，尤其是含有玄妙和宗教神祕經驗，使亞瑟有關的故事和傳說，不只是俗世的，也有精神和靈性的一面。誠然歷來研究這個年代的敘事文學，學者都以法蘭西傳統為衡量基準，其中又以克里田為首選作者。

倒過來看，克里田用本土語言（古法語）按照瓦斯《布魯特傳奇》的型態書寫，後者描畫的是整個不列顛的來龍去脈，亞瑟故事只是很重要的民族近況，特別是載明亞瑟為古代英雄之後而另創高峰。基本上，瓦斯把他的作品視為歷史之作，相對之下，克里田只聚焦在建構亞瑟個人和他朝中人物，瓦斯敘事方向是縱走，而克里田是橫向展開，也因此後者的作品帶給讀者更多關於亞瑟事物的訊息。

另方面，克里田的詩，已成功地自立門戶，擺脫瓦斯寫紀志的用意，把五部亞瑟故事形塑為傳奇的文類，不再依附在歷史的規範之中，而瓦斯在本質上是翻譯（從拉丁文譯成古法文）或摹擬曼莫夫之傑夫瑞《不列顛帝王史》的寫法。因此，克里田可說是一脈相承自

《不列顛帝王史》的歷奇傳統，加入更多遊唱詩人所著意的愛情經歷和奇特的心理層面，使亞瑟歷奇的世界分外多姿多采。

無名氏：《亞瑟王之死》

此傳奇的作者，學者多鑑定其人並非卷首和卷尾所出現的名字，亦即威爾斯人麥帕（Walter Map，1140～1210 年），惟只知其人大概在法蘭西香檳之地用古法語寫作，對當時的英倫所知有限。因為詩中所描述的英倫地理，殊不精確。

《亞瑟王之死》是一套系列集的最後一部分，一般稱此合集為《散文體藍撒洛》(*Lancelot en Prose*)，或稱為《通俗本故事圈》(*Vulgate Cycle*)。最初是由三個傳奇合成，亦即《藍撒洛》(*Lancelot*)、《聖爵的尋覓》(*Queste del Saint Graal*) 和《亞瑟王之死》。因為這些故事的文體風格各不相同，所以有學者認為這些是出自不同作家之手筆，以往多揣測威爾斯人麥帕是作者，但近年卻認為是一批熙篤修會僧人 (Cistercian monks) 的作品。後來加入《聖爵之故事》(*Estoire del Saint Graal*)和《梅林傳》(*Estoire de Merlin*) 共五部合成的《通俗本故事圈》，約在 1210～1230 年間完成，可說是亞瑟王故事風起雲湧的擎天之作。

前述系列故事問世不久，又有另一故事圈（系列）出現，也是用古法語散文書寫，後人稱之為《後通俗本故事圈》(*Post-Vulgate Estoire del Saint Grail*)、《後通俗本梅林傳》(*Post-Vulgate Estoire de Merlin*)、《後通俗本聖爵的尋覓》(*Post-Vulgate Queste del Saint Graal*)和《後通俗本亞瑟之死》(*Post-Vulgate Mort Artu*)。後出的四部作品大體上按照原來的通俗本改寫，因而作品之間的連貫性和統合更為和諧，不過前本的俗世愛情部分，即藍撒洛和關妮薇的戀情則被大量刪掉淡化壓下，故事中的靈性部分卻多加渲染，顯見後通俗本是有意識地把讀者的注意力導往一個新方向。

新系列約寫於 1240～1250 年之間。不過整套故事並沒有完整地留存下來，現存底本有部分卷軸是從其他古法文、卡斯提語（Castilian，即古西班牙語的一種）、從拉丁語演變而成的古西班牙語，以及古葡萄牙語的殘卷重建而成。其中驚世駭俗的宮廷愛情題材，一方面深受宮廷中人甚至是庶民所青睞，另方面，也有部分人士對此愛情觀不以為然。

在通俗本流行十數年間，馬上另闢一個亞瑟敘事戰場，把眾人的心思和注意力改變方向，導向更多靈性和宗教的關懷點上。表面上是前後兩個故事圈在揚波逐浪中爭寵，其實是世俗的動力和宗教靈修的推力在爭取主流的話語權，亞瑟剛好是兩方都要拉攏的故事和傳統，也是眾所懾服的權威象徵。

在原來的《通俗本故事圈》中，無名氏的《亞瑟王之死》是一個完整故事，往往被認為是中世紀法語傳奇中的單篇佳作。這個故事的梗概影響日後亞瑟王故事發展甚鉅，特別是馬羅里所寫的《亞瑟王之死》。就故事的情節而言，這部法文本的《亞瑟王之死》描述高威和藍撒洛之間後期的恩怨，寫得比後出的英文本要詳盡得多，其中的心理反應和情緒發洩更入木三分。

另外，敘述者在前半處理藍撒洛和關妮薇的戀情頗為文雅含蓄，但卻清楚地表露自己的敘事立場，這是與前面的特洛瓦之克里田頗不一樣的地方，也就是在書寫故事之外，作者還利用敘述舞臺，說上一番做事為人的道理，但不是直接的說教。

另外還有幾點是這個法文本特立獨行的安排，與其他故事或傳奇有差異的項目：

1. 亞瑟領兵到歐洲和高盧對壘，卻沒有揮軍征戰羅馬，和馬羅里的英文本明顯有出入。
2. 藍撒洛沒有返英支援亞瑟對抗莫得傑，英文本則是藍撒洛接到亞瑟求援書函趕赴不列顛助陣，可惜晚到一步。
3. 法文本的藍撒洛抵達不列顛時，亞瑟和關妮薇已先後棄世，無緣面晤兩人，惟英文本的藍撒洛仍能見到關妮薇，也能在後者亡故後為她送殯誦經，完成一點心願。
4. 法文本的卡密諾明訂在卡德貝里 (Cadbury) 之地，而英文本則說是在溫徹斯特；亞瑟和莫得傑生死之戰法文本說是在梭斯貝里平原，英文本則稱在坎蘭之地。這一場仗，法文本頗為快速描述完畢，與曼莫夫之傑夫瑞以及瓦斯較為詳細的敘述相比，具體壓縮了篇幅，完結的節奏明快。

5. 法文本稱亞瑟的生死鬥，戰到最後圓桌騎士只剩下四人，而英文本連垂死的亞瑟只剩下二名圓桌騎士而已。

若以單篇作品而言，此法文本的《亞瑟王之死》可能是書寫亞瑟一生最佳之傳奇。這個年代雖然已有其他語文的亞瑟故事面世，但整個《通俗本故事圈》的傳統和價值幾乎是無可取代，而古法語所撰述屬於這個故事圈的個別作品，形塑了一個歐洲傳統的基石，更是數世紀以後英國傳統亞瑟王故事的底本。

引用書籍

湯馬斯・馬羅里著，蘇其康譯注，《亞瑟王之死》，新北市：聯經出版，2016。科技部「人文及社會科學經典譯注研究計畫」授權出版。

圖片出處

作者提供：彩色頁 2、頁 3 右。

Wikimedia Commons：彩色頁 1；內文頁 50、174、192。

本局繪製：內文頁 6、10。

Shutterstock：彩色頁 3 左、頁 4；內文頁 89、216。

網站：內文頁 31

https://sarahpeverley.com/2014/02/21/the-appeal-of-king-arthur-across-the-centuries/

文明叢書 01

蠻子、漢人與羌族

王明珂／著

夾在漢、藏之間的川西岷江上游，有一群人世代生息在這高山深谷中，他們都有三種身分：他們自稱「爾瑪」，但被上游的村寨人群稱作「漢人」、被下游的人們稱作「蠻子」。本書以當地居民的觀點，帶您看他們所反映出「族群認同」與「歷史」的建構過程。

文明叢書 02

粥的歷史

陳元朋／著

一碗粥，可能是都會男女的時髦夜點，也可能是異國遊子的依依鄉愁；可以讓窮人裹腹、豪門鬥富，也可以是文人的清雅珍味、養生良品。一碗粥裡面有多少的歷史？喝粥，純粹是為口腹之慾，或是文化的投射？粥之清是味道上的淡薄，還是心境上的淡泊？吃粥的養生之道何在？看小小一碗粥裡藏有多大的學問。

文明叢書 04

慈悲清淨——佛教與中古社會生活

劉淑芬／著

本書描繪中國中古時期（三至十世紀）在佛教強烈影響之下，人民生活的各個層面。雖然佛教對日常生活有相當的制約，但佛教寺院和節日，也是當時人們最重要的節慶和娛樂。佛教的福田思想，更使朝廷將官方救濟貧病的社會工作委託寺院與僧人經營。本書將帶您走入中古社會的佛教世界，探訪這一道當時百姓心中的聖潔曙光。

文明叢書 06

公主之死——你所不知道的中國法律史

李貞德／著

丈夫不忠、家庭暴力、流產傷逝——這是西元第六世紀一位鮮卑公主的故事。有人怪她自作自受，有人為她打抱不平；有人以三從四德的倫理定位她的角色，有人以姊妹情誼的心思為她伸張正義。他們都訴諸法律，但影響法律的因素太多，不是人人都掌握得了。在高舉兩性平權的今日，且讓我們看看千百年來，女性的境遇與努力。

文明叢書 07

流浪的君子——孔子的最後二十年

王健文／著

周遊列國的旅行其實是一種流浪，流浪者唯一的居所是他心中的夢想。這一場「逐夢之旅」，面對現實世界的進逼、理想和現實的極大落差，注定了真誠的夢想家必須永遠和時代對抗；顛沛流離，是流浪者命定的生命情調。

文明叢書 11

奢侈的女人——明清時期江南婦女的消費文化

巫仁恕／著

明清時期的江南婦女，經濟能力大為提升，生活不再只是柴米油鹽，開始追求起時尚品味。要穿最流行華麗的服裝，要吃最精緻可口的美食，要遊山玩水。本書帶您瞧瞧她們究竟過著怎樣的生活？

文明叢書 18

救命——明清中國的醫生與病人

涂豐恩／著

在三百年前，人們同樣遭受著生老病死的折磨。不同的是，在那裡，醫生這個職業缺乏權威，醫生為了看病必須四處奔波，醫生得面對著各種挑戰與詰問。這是由一群醫生與病人共同交織出的歷史，關於他們之間的信任或不信任，他們彼此的互動、協商與衝突。

國家圖書館出版品預行編目資料

情義與愛情：亞瑟王朝的傳奇／蘇其康著.－－初版一刷.－－臺北市：三民，2021
面；公分.－－（文明叢書）

ISBN 978-957-14-7245-4（平裝）

873.57　　110011121

情義與愛情——亞瑟王朝的傳奇

作　　者　蘇其康
總 策 畫　杜正勝
執行編委　單德興
編輯委員　王汎森　呂妙芬　李建民
林富士　張　珣　陳正國
鄧育仁　鄭毓瑜　謝國興
責任編輯　洪曉萍
美術編輯　許瀞文

發 行 人　劉振強
出 版 者　三民書局股份有限公司
地　　址　臺北市復興北路 386 號 (復北門市)
臺北市重慶南路一段 61 號 (重南門市)
電　　話　(02)25006600
網　　址　三民網路書店 https://www.sanmin.com.tw

出版日期　初版一刷 2021 年 8 月
書籍編號　S740720
I S B N　978-957-14-7245-4

三民書局